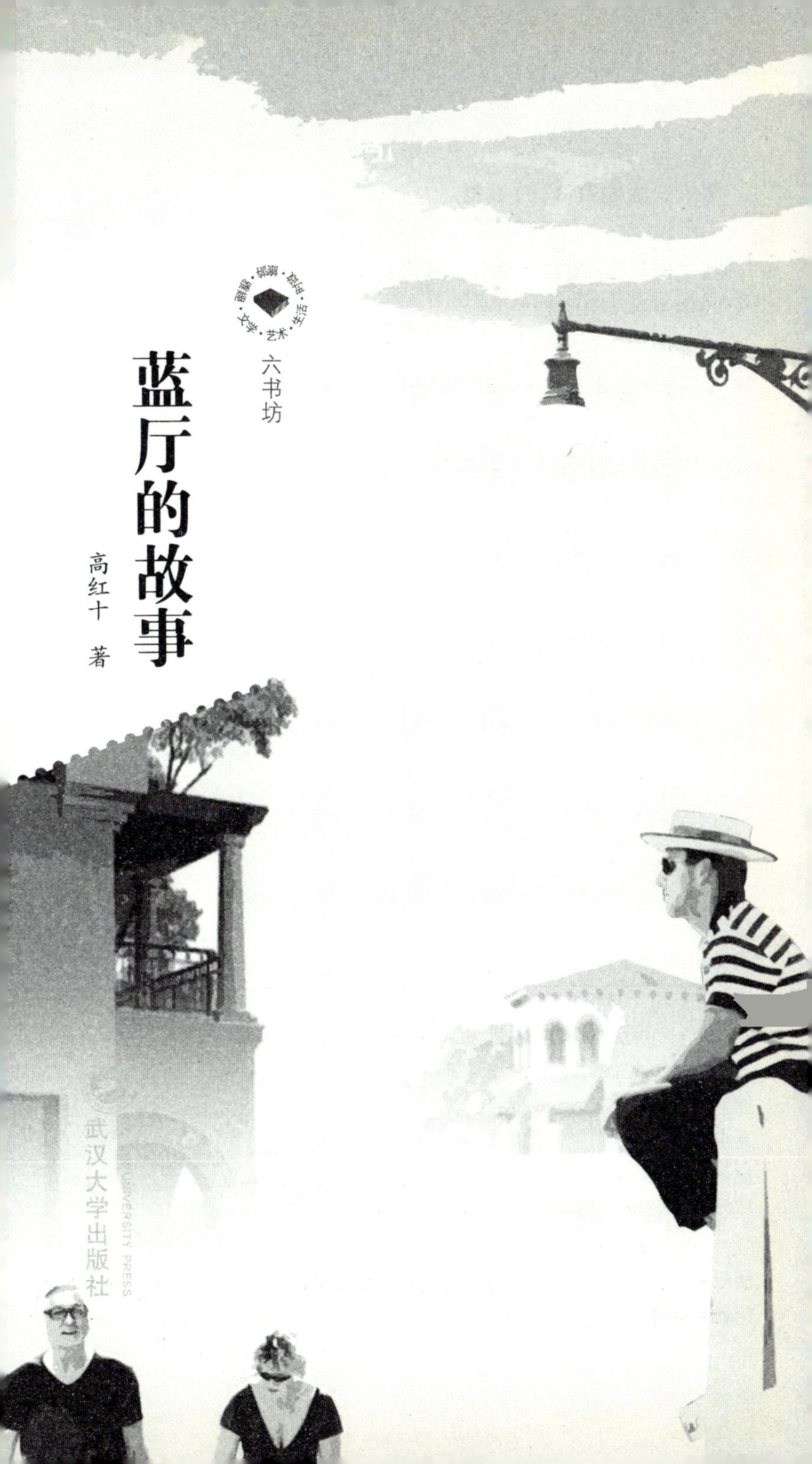

六书坊
文学·艺术·生活

蓝厅的故事

高红十 著

武汉大学出版社

图书在版编目(CIP)数据

蓝厅的故事/高红十著. —武汉:武汉大学出版社,2014.8
ISBN 978-7-307-13522-2

Ⅰ.蓝… Ⅱ.高… Ⅲ.随笔—作品集—中国—当代 Ⅳ.I267.1

中国版本图书馆 CIP 数据核字(2014)第 127277 号

责任编辑:荣 虹　　责任校对:汪欣怡　　版式设计:韩闻锦

出版发行:**武汉大学出版社**　(430072　武昌　珞珈山)
　　　　(电子邮件:wdp4@whu.edu.cn 网址:www.wdp.com.cn)
印刷:武汉中科兴业印务有限公司
开本:880×1230　1/32　印张:6.875　字数:122 千字
版次:2014 年 8 月第 1 版　　2014 年 8 月第 1 次印刷
ISBN 978-7-307-13522-2　　定价:18.00 元

版权所有,不得翻印;凡购买我社的图书,如有质量问题,请与当地图书销售部门联系调换。

六书坊

编委会

主　编　张福臣

编　委　（以姓氏笔画为序）

　　　　文　祥　艾　杰　刘晓航　张　璇

　　　　张福臣　周　劼　郭　静　夏敏玲

　　　　萧继石　落　子

目 录
CONTENTS

我看散文(代序)

第一辑 百年中文一排椅

北大西斋 天地玄黄　003
一百个春天　009
四十年前的春天　013
谢冕老师的诗歌与贺卡　017
小院阳光　025
七月未名　028
百年中文一排椅　030
同学　034
诗之殇　038
春天的记忆　043
用文学厨艺烹饪新闻食材　046

第二辑　一盒冬枣的线路图

不相信　055
从"检查"到悼词　058
离大本有房车　061
一种时差　064
慎动杨树　067
时间　070
田间地头　072
一盒冬枣的线路图　075

第三辑　南泥湾的香菇面

查找收信人　081

大声唱歌　084

豁豁牙牙　087

老婆,你会踢球么?　089

陕北的枣儿呵……　093

黄澄澄的谷穗,为黄土高原代言　097

南泥湾的香菇面(外一篇)　103

保暖内衣　105

第四辑　伊水汤汤

碑林的碑　109
不留　112
春在风中　114
嘚瑟　116
逛公园　118
国土果真有五色　120
瑞金的井　长汀的江　122
太行山的碑　126
绍兴的鲁迅　129
最后一片落叶　131
读节气　133
诗意星空　136
月不远人　140
记忆是一片海　145
伊水汤汤　149

第五辑　蓝厅的故事

穿过时光隧道的迪斯尼　153

尼斯湖怪兽和鱼梯子　157

威尔士的古老与现代　160

涅瓦河　164

圣彼得堡的清早　167

新圣女公墓　170

极目　173

与阳光媲美的笑脸(外一篇)　176

茉莉花茶　178

蓝厅的故事　180

打仗时走以色列　184

世上的事情有关联　198

我看散文（代序）

散文的身心：身是随意，心是自由。

由于它的不受重视——谢天谢地，可千万别叫什么部门什么人重视上它；

由于它的无轰动效应——散文本不是大锣大鼓，干嘛要轰动？轰动不是它的必须和必然；

由于框缚它理论的零碎、破旧和无体系——没有那么多老少爷们儿管教，散文正好调调皮，捣捣蛋，三天不打，上房揭瓦。

笔者以为，散文是所有文学体裁中含情量最高，自由度最大，哲学意味最稀薄的一种。

散文的身心接近生活的身心。绵延不绝，汩汩流淌，善恶兼备，似是而非。猛地一看，平凡之极；细细品味，永远品不透平凡的底蕴。无所谓开头结尾，无所谓高潮低谷，说哪儿到哪儿，走哪儿算哪儿，走累了，树底下坐会儿；困了，屋檐下睡会儿；于当断不断处断掉，了犹未了时索性不了了之。

因此，散文不是小说，不是戏剧，不是诗，散文却可以包容以上所有。笔者以为大手笔小说应是散文体的,如蒲宁的《阿尔谢尼耶夫一生》、萧红的《呼兰河传》。散文不再煞费苦心编造什么,它悟透了生活的动人处在有生有活。五千年中华民族历史,发生了什么已不新鲜,总像是似曾相识的历史回声。诱人处在时时处处有承接回声不一样的石壁和大山,又总有猜不透的声音迎大山和石壁撞来。永动,又似乎永不动,相对银河,相对银河以外令人脑瓜子发紧更广大宇宙。

>>>
瑞典斯德哥尔摩市政厅外的花与桥

当然,做为具体作者,并非想自由就能自由,想随意就能随意。那不仅是一种心境心态,绝对绝对也是一种本事。

艺高胆大。既是艺高,也是胆大。

长袖善舞,多财善贾。既是长袖,也是多财,也是善舞和善贾。

巧妇难为无米炊。既是大米小米糯米黄米小站米，也是腰系蓝印花布围裙的巧妇。

自然山水，散文偏爱的题材，却也是当代散文最少新意的一块领地。原因之一，在于古人开垦太多，种植太密，使用过度，地力下降，已成难长大树的盐碱滩。

没有今人心态渗透的风景文章，切莫再作。古人前人没有作或少作的文章我来作。你写日出日落，我不写。下午三四点钟的太阳，当不当正不正，我来写成不？当然要真为那时的太阳感动而不是赌气。你写春风，我写春霜，令返青麦苗刹那间黑死的春霜。你写倾盆暴雨，我写雨前的闪、闪后的雷、雷雨后的彩虹，如果还是双虹。你写水面的月亮，我写雪地的月亮，或者我干脆不写月亮，嫦娥吴刚的居地和杨柳轻扬处是那么好写的么？

那么来写世故人情。这是现代人大可作为的散文题材。江山千秋万代不变颜色，世故人情却生生不息，常写常新。人与人的熙攘、摩擦、疏离、隔膜……有一个题目很可做却很难做好：友情。

那么来写人生，人生各个区间的感觉。谈恋爱的少男少女、大男大女、老男老女。不生、生育或超生；结婚、离婚或重婚；想结结不成，想离离不了，想活活得艰难，想死死得不易。小时候盼过年，穿新衣戴新帽；大了实不愿将旧挂历从墙上摘下，撕一张就觉得有人用凉嗖嗖砍刀顺脚底一路砍将上来。

还有怀不完的旧，写不尽的童年。既然我是一个偶然个体，这个世界上独一无二有情有义有思想的个体，那么我的人生故事，我的感觉感受感慨感动，我眼中的山水林田路，我心中的生末净旦丑，保证是独特的，自省后确实独特，就可以写，才可以写。从某种意义上说，一切文学作品都是过去时。时间使它们过滤、发酵、蒸馏、腌腊；越久，味越醇厚。只是写旧友不要回避缺点毛病，写童年不要隐瞒小时候的为非作歹。

得心有了，还得应手。得心与应手之间，炮火密集空旷死寂的开阔地，令创作者可望而不可及的地平线。永远外化感觉的欲望与外化能力不逮的矛盾，永远的煎熬与痛苦，却是创作者大有可为大显身手驰骋才华的快感所在。

铺纸舒笔或开机敲键时，还有词语的选择搭配，语序的打碎重整，语感的迫力与张力，节奏的舒缓与紧张。既有蓦然神至的飞扬灵感，还有将灵感外化的鬼斧神功。金苹果还需水晶盘子托举才相映成辉。

心灵无涯，搜之欲出。请写散文的傻瓜上当。

第一辑 百年中文一排椅

>>>

北大西斋　天地玄黄

西　　斋

西斋所处，北京市沙滩后街曾经的景山东街，当年京师大学堂后来北京大学学生宿舍。1904年修建，十四排大屋顶平房由南向北一路排下去，每排四间，每间可住四个学生。已故老作家张中行的话：西斋乃最早中国大学男生宿舍。十六年后的1920年北大才招三名女生，修西斋没考虑女生铺盖卷梳妆台放哪儿也在情理之中。

2012年，笔者领命采访1946—1949级北大老校友，想弄清楚西斋最早是否按千字文第一句"天地玄黄"排序（有人说是）。八杆子接着九杆子，边打边寻思，1904年，清光绪三十年，不可能有《江南Style》，可能有"天地玄黄"。问？当然问。可问学长83岁以上，再年长者走远不赶趟问了。

老学长耳背声高，哪儿有呵？只有西斋多少号，哪儿有天地什么?！问一溜够，问出1935年在沙滩红

>>>
北京大学校园的牡丹

楼北面,隔五四广场建起的灰楼确按"天地玄黄,宇宙洪荒"排序,最初——凡事都分最初与后来——"天地玄黄"单元住男生,"宇宙洪荒"单元住女生,1946年后基本全住女生。重要的是,灰楼是梁思成、林徽因设计,连同不远处理学院的地质楼都是夫妇二人设计。看看,不翻腾则已,一翻腾三千丈红尘飞扬。

北京大学从建校那天起,通过维新变法与中国的前途命运紧密相联。据王晓秋《戊戌维新与京师大学堂》文载天津《国闻报》评论:戊戌政变后,在"北京尘天粪地之中,所留一线光明,独有大学堂一举而已"。进入20世纪,北大遭逢大事不断:八国联军入侵,武昌起义,袁世凯称帝退位,新文化运动兴起,中国共产党诞生……一所大学时废时兴,校名不断更改。

北京大学做为国立NO.1大学,紫禁城衣襟可拂大学,无论哪方面想要说清楚,一个字:难。

还说西斋。建于1904年的西斋,民国初年也叫北大第一寄宿舍。建成之初，的确按"天地玄黄"排序，据居住过的人说，在灰楼建成之前，这里是学生宿舍条件最好的，一来斋中有做饭的厨房，二来房间较大，便于个性独立的学生用布幔蚊帐打隔断分开。

门前报有关山客　来听西斋夜雨声

两句诗出自清诗人龚自珍。

"出入皆鸿儒，往来无白丁"的西斋见多识广，捡相关紧要的说几通。

1917年秋季一天，西斋十二号（有说四号，没提属于"天地玄黄"哪部分）宿舍里，青年学生顾颉刚与傅斯年商谈一件事，是否要将一个叫胡适的教授从中国哲学史的课堂赶走。理由是原先的教授讲中国哲学史从三皇五帝讲起，讲了半年才讲到周公。这位从美国回来的胡教授不讲唐虞夏商，直接从周宣王开讲。有同学说这不是割断中国历史么？这样的人怎配来北京大学登堂授业！顾颉刚觉得胡先生讲课有新意，希望傅斯年去听听课，作个评价。

傅斯年去听了，细节不知评价不详；结果是胡适的中国哲学史顺利讲下去。自此傅胡是否莫逆，不知道。只知道快三十年后的1945年抗战胜利北京大学复校之时，傅斯年以代理校长身份在胡适之前冲回北京大学，发誓"汉贼不两立"，将原先在沦陷区北京大学（也叫伪北大）任职的校系领导（包括一些知名学者）统统解聘。傅先生以为，干此事他比胡先生给力。

中共北大党史最早涉及西斋的事件有，1917年主掌北大的蔡元培校长，1921年许可西斋辟两间屋子成立"亢慕义斋"，亢慕义是德文"共产主义小室"的译音。据该会的发起人之一罗章龙回忆，西斋中两间宽敞的房子既是图书室又是翻译室，还做办公室。室内墙壁正中挂有马克思像，像的两边贴有一副对联"出研究室入监狱，南方兼有北方强"，上句是陈独秀的话，下句是北方生长的李大钊与南方青年学生们在一起吟咏的诗句。还有两个口号："不破不立，不立不破。"四壁贴有革命诗歌、箴语、格言等。

同年11月，"马克思学说研究会"在北大成立。研究会成立通告（一）发布的通讯处之一为"北京大学西斋罗章龙君"。研究会通告（三）发布会员名单，"图书经理范鸿劼住西斋黄三号"。

往下有点血雨腥风了。

1926年3月18日，北京市民和学生出于爱国热情，到临时执政府和平请愿，要求政府维护国权，拒绝日英等八国通牒。段祺瑞等竟令士兵枪杀请愿群众，造成死47人，伤150多人的"三一八惨案"。

来自湖南醴陵21岁个子瘦长的学生李家珍，3月18日那个春风和煦的清早，离校前做的最后一件事是买几个面包带身上。他对西斋的同学说，请愿可能要到下午才能结束。

谁也没有想到，请愿在下午的"血光"中结束。同学们在北大三院（北河沿）看到的已是长袍胸前洞穿的李家珍冰冷的尸体。不知道面包哪里去了，只知道他再也回不到西斋。北京大学牺牲三人。另两人是张仲超和黄克仁。"三一八"，鲁迅先生称为"民国以来最黑暗的一天"。

刘少奇同志还来过西斋呢！来时是中共北方局的领导。据北大地下党文化教育干事傅于琛回忆，少奇同志是1929年初春的一天来到西斋天字一号房间。少奇同志身穿蓝布长袍，颈缠深灰色长围巾，足穿黑色平底布鞋。

支部会先由书记李光纬和各支委汇报工作，刘少奇同志接着发言。他肯定了北大支部的工作，传达了党的第六次代表大会确定的民主革命十大纲领。他强调说，为了防止敌人的破坏，要讲究"技术工作"，无论对内联系，还是对外活动，都要注意不泄露机密，不能对反动派暴露自己的身份。在社会活动中，不能盲动，事先要有情况了解，有准备，防患于未然。他说，要积蓄力量，积极准备，创造条件，支援南方土地革命，并把北方工作开展起来。当事人回忆，少奇同志讲了四十多分钟。

如此这般北大不可能招军阀、政客待见。据万枚子《二十年代北大生活》记录，直系当道时流传一个段子。张作霖在天津曹家花园，对曹锟愤愤道，"蔡元培这小子是个什么东西，他也敢带着一群王八羔儿在北京造反，这还了得！三哥为什么不拿他枪毙了？"

之后的抵御外侮八年抗战，北京大学南下联大，北上复校。1945年后的寒暑假,许多心向革命的青年学子从西斋出发,从东斋、三院、四院出发,走向晋察冀,走向延安,走进新中国。

北京大学——包括西斋,既是学问场,又是革命地。大致划分的这两方面,想像编辫子一样编在一起,一个字:难。

风声雨声读书声,声声入耳;家事国事天下事,事事关心。绝大多数北大师生一代代照此遵循。

大学影响力是一点点积攒,一年年显露,蔚为气候、声名远播。

1952年院系调整,北京大学迁往西郊燕园。

2012年春天,笔者兴冲冲赶去西斋,蜂巢样大杂院,不忍目睹。有住户警觉问,找谁?

北大西斋,天地玄黄;意味着一种开始,一种开展,一种开放,一种开来继往。

(本文献给北京大学115周年校庆。1951年之前,北大校庆日是12月17日,胡适先生生日恰在那天。1951年后,校方采纳时任北大副校长汤用彤先生建议,校庆日改为5月4日)

一百个春天

——记北京大学中文系百年

一百年前的 1910 年 3 月 31 日,北京大学中文系成立。说成立动静仿佛大了点。据曾任中文系主任的温儒敏老师撰文:北大的前身京师大学堂 1898 年建立,1910 年 3 月 31 日,京师大学堂举行分科大学开学典礼,全校设 7 个分科大学,有点类似现在的学院,包括:经、法、文、格致、农、工、商。其中"文科"下设 2 个"学门":"中国文门"与"外国文门"。这"学门"就相当于现在的"系"了。北大中文系的前身是京师大学堂的"中国文门",意味着"中国文门"作为独立教学建制诞生。

不容置疑,一百年前的 3 月 31 日京城已是春天。哪怕类似百年后的 2010 年,雪多,天寒,时不时下点儿沙子,春天还是来了。远看有近却无的小草,碧玉妆成的柳条儿,试试探探开的花儿,还有扑面不寒的风,不是春天是什么?

>>>
北大中文系静园五院

中文系最早地址在马神庙——听听那名；后搬至沙滩红楼——显见进步了，后三校合一远迁云南，抗战胜利迁回红楼。1952年院校调整，中文系随迁燕园，在文史楼设系办公。1966年"文革"，中文系搬出文史楼，为密切师生关系，搬到学生宿舍32楼（笔者就是那时学生）；1978年，中文系进入静园五院——一个最配中文系的地方。

从一百年前有皇上那会儿到如今，眼一闭一睁，变化该有多么大？中文系曾经是北大的招牌系，有着四校合一（北大、清华、燕京、中山）最强师资；招牌系眼下不那么火了，招生分数、毕业去向、师生含金量比起那些热络的系都稍显冷清。

笔者时常对老校友说，近年北大出了多少"来路不明"院系？信息管理系（原先的图书馆系戏称"馆儿系")、信息技术系（原先的无线电系）、化学与分子工程学院（原化学系）、环境科学与工程学院、地球与空间科学学院……别说校外人看这院名号不明学术的来龙去脉，连笔者一拨老北大有时也找不着北。中文系十年百年不需加注，一听就明白（千万千万别改叫什么学院）。

笔者上北大中文系那会儿，有同学的妈曾经纳闷：中国人还要到大学学说中国话和写中国字么——太有才了！

百年中文需宏篇彰显，笔者只记录一些小事。

1972年的春天，笔者从插队的陕北来北大报到，西门进，那时勺园一带还是农田，彩旗横幅与柳毛杨花一起飘飞，接待新生的桌子支在楼前空地。笔者喜滋滋背着小铺盖走着，一直走进32楼402室，开始了与北大深长的缘分。

那时学生按系轮着帮食堂卖饭。某天排队学生嫌慢，不耐烦问，今儿咋这么慢？答，不知道是不识数的中文系帮着卖？

1988年，笔者上作家班听袁行霈先生讲李白与盛唐气象，课余先生与学生闲聊，先生问如今电视节目和歌曲怎么那么俗？笔者一脸坏笑，说先生您别急，这才初俗，还有盛俗、中俗和晚俗（比照唐代初盛中晚分期）。袁先生瞠目。

……

文史哲、数理化是知识的基础、是大学教育的基础,基础打牢夯实,体量高大的楼才不会脆也不会歪——大约是不过时的对的道理。

不管怎样,沧桑也罢辉煌也好,第一百个春天来了!未名湖的冰化了,湖边的草绿了,博雅塔倒映湖水中。年年岁岁相似的花,岁岁年年不同学子的满脸春光,他们念着什么?关关雎鸠,在河之洲,窈窕淑女,君子好逑……

千年的关关雎鸠,百年的君子好逑。

祝福北大!祝福北大中文系!

四十年前的春天

黄土高原的春天姗姗来迟，立春有孕，春分分娩。风说起就起，沙如影随形。大风大扬，小风小扬；无风天，小娃娃的精脚片子、大牲口的蹄子、鸡狗的爪子不停歇踢踏刨挖，便有杂面箩子箩过那么细的黄尘在好太阳下飞舞，每天窗台瑟瑟一层。

习惯了。下乡四个年头，春夏秋冬四季轮回，甚感觉没贴肤体验……

前一年冬天听说，大学要到知青中招生；笔者推了油矿、纸厂招工，暗自等待。不一定回北京，但要上大学。上边有人来考试，杠杆原理，支点力点什么的，又有方程式，笔者答了，对错不知。初中二年级文化，"文革"三年，下乡又几年，那点知识早随糜谷杂豆洋芋籽丢进一道道垴沟——彻底绝了学理工的念想。北京大学中文系老师搜罗到笔者小诗，仿七律《悼陈毅》，"悲折柏枝掷延河，心随水流八宝山"；还有宣传队编导组的表演唱、小话剧等。笔者虽不才，同组有大腕，北京人艺《天下第一楼》编剧何冀平也曾一起插队一起涂抹。记得填过一张志愿大表，先外语，后历史，最后中文。最终落袋中文，不是选择，是被选择，不得不选择。

打住，再说就有点不知好歹了。往下一步步走程序，贫下中农推荐、上级领导政审、大学复审，粗箩子过了细箩子筛，一次次有人落选。到县城体检时见到北京干部老樊——周总理一大功德，派出1 200名北京干部管理1 200个生产队的北京知青，直到知青大部离开——正嚼牙花子，发愁如何告诉来体检的一位同学，她"政审"未过关，检也是白检。虽然罪不在老樊，老樊很发愁，深知此消息会对该女生造成伤害——后该女生从陕南汉中工厂考入七九级人大经济系，又研究生、研究所研究员，也算修得正果。

高校陆续发通知了，先本省，再大专，最后才是北京大学，邮递员在坡下路边叫，大声叫，根本是呐喊。

通知书是一张巴掌大薄软纸片，上印"陕西省高等院校学生入学通知书"。通知抬头是"延长县革委会转黑家堡公社高红十同志"，下写"批准你入北京大学（院）文学专业学习。请于一九七二年五月四日前，凭本通知到校报到"。颁发机关的大红公章是"延安地区革委会高等院校招生办公室"，时间是一九七二年四月廿五日。后边还用黑体小字写清注意事项：带党团组织关系、粮油关系、自备生活用品，报到时交脱帽正面一寸照片三张等等。

入学通知存储丰富时代信息。首先"革委会"这一产生于"文革"的机构随着动乱结束不复存在；年头更早的"人民公社"随着农村第一波土地权属变更消失，跟着消失的还有"三级所有"配套的另两级"生产大队"和"生产队"。还有"粮油关系"那些票证，随着市场经济发展发达成了文物。

接到大学录取通知书的同时，笔者接到父母从五七干校写来的信。让笔者千万别学中文，那是个战战兢兢的专业。你舅舅不知怎么误入歧途（在北方某市文联任职），够他后半辈子改造……

心由动而静了。笔者在井边拆洗被褥，粉红桃花、雪白梨花从信纸滑落，一瓣一瓣飘到青石砌就的井台上。心有所动突发奇想：那花瓣会觉得井台凉么？抬眼看，高原黄土的底子上，一株一树颜色不同的花，十分亮眼十分吵闹地报告春天。

知青小组杀猪、炸糕，隆重送行。不是第一次走人送人，1970年招工，后来的病退，接着是大学。

接到通知的知青到县城集合，连人带行李上了一辆带篷的卡车。五月一日路过延安，见到同宣传队另一编导组成员吴女士。吴女士说北京干部让她以可教子女身份到招生办再争取一次。吴女士是知青典型孙立哲夫人，后来上了北大中文系七七级，再后来留学美国。不幸病殁于20年前。

离开宝塔俯瞰的延安市，带篷卡车上了洛川源、黄陵山，到了披满煤灰的铜川市。行李办了火车托运。

人坐火车硬座到西安转车,一直开向北京。

同行延长县郑庄知青,姓师,自来熟。她说,咱俩一系,你这么胖,我得给你号一大床。笔者在32楼4楼一张上铺灵活上下无碍腾挪三年半,参加排球队游泳队,可见体形没那么夸张。

旅途终点是北京,北京大学。

笔者人生有了两个关键词:延安和北大。

这很重要。找不到关键词,或者任公交车路过,未把路过站名抬举到关键词地位,一路走来,永远感觉浑浑沌沌庸庸碌碌,心疼自己,又不甘心。

所幸笔者抓住了,抬举了,在1972年黄尘飞扬、桃李花亮眼的春天。

谢冕老师的诗歌与贺卡

1972年的冬天，北京大学中文系文学专业七二级二十几名学生和数位老师来到京郊门头沟区（那会儿叫县）斋堂（也可能是清水）公社洪水峪大队，在大山深处一住两个月，两月之内做的事情叫"走以社会为工厂的道路，深入生活，学习创作"。有的老师提出"要用文学的眼睛观察生活"——后来才知道是转述文学前辈提出的口号。

笔者是这班学生。

班上没见过山的苏北同学满眼好奇，山，火炕，冰窗花，驮队的铃铛，一咬咯吱吱响的冻海棠，背煤的背篓，还有弯弯绕的山里方言。

两个月，同学们编了十五期习作，每期名字都与大山有关："山泉""百花山下""花骨朵""山核桃""冰窗花""背篓颂""山间铃响""筑路歌""山里人""山里红"……

小册子刊登同学创作的诗歌、散文、小说、表演唱、小话剧，当然非常稚嫩；一些不成章的短段素材，

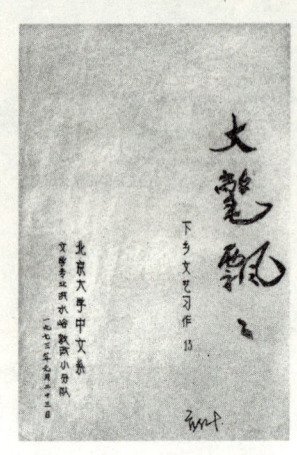

>>>
大氅飘飘小册子（配谢冕老师诗歌与贺卡）

收在"矿石"里边。还把在斋堂、清水地区传唱的民歌，连词带曲收进"清水的回声"，最后一册是总结性的，收录了返校后在办公楼礼堂汇报表演的诗朗诵"我们的课堂"。

小册子全是同学自己写稿、编稿、刻蜡版、油印、装订而成（北大中文系有干此活传统）。两个月十五期，平均四天一期。没人布置任务，动力是喜爱，对文学的喜爱和对生活的喜爱。捧着带油墨香的小册子，年轻的脸庞被山区的阳光雪光和丰沛的生命力照亮。

第十三期有个特别的名字："大氅飘飘"。看着"氅"字眼生，有人一嘴念出"时髦"的"髦"。啥意思？大"髦"啊还"飘飘"？有人更正，那字念

"氅",有毛的大衣。噢,又认一字。

"大氅飘飘"是本期头题诗作,作者:谢冕。对,就是当代文学以诗学研究诗歌评论名动学界的谢冕教授。当年他不是教授是助教,据说此教衔背了几十年。现将该诗摘录如下:

    大氅飘飘,
    大氅飘飘,
    飘过那云海深处炊烟绕,
    飘过那石垅梯田柳林梢,
    山里的装束山里人爱,
    披着那大氅,风风雨雨走山道。

    大氅飘飘,
    大氅飘飘,
    几张老羊皮,
    缝成一件袄。
    为山里的爷们挡风遮雪暖身子,
    谁说深山的农家无珍宝。

    大氅飘飘,
    大氅飘飘,
    飘过那纷纷扬扬落雪天,
    飘过那霜晨雪夜,月亮弯弯像把小镰刀,
    放羊的爷爷披上了,
    不怕十冬腊月风怒号,

看山的大哥披上了,
装夹捉狐狸,举枪打老豹,
掌鞭的老叔披上了,
骡背上哼起革命山歌旧时调。
(下删42行)
大氅飘飘,
大氅飘飘,
一身大氅一面旗,
胜利的战旗把手招。

大氅飘飘,
大氅飘飘,
飘过那流水清清小河沿,
飘过那山村处处银灯照,
寒风里,冰雪中,
几多英雄立新劳。
遮风挡雪的,还是那件白茬大皮袄
革命春秋长,
公社火焰高,
高山流水唱英豪
祖国山河处处是
大氅飘飘,
大氅飘飘……

诗情与诗意表达的成熟震住了笔者这些诗歌创作

的青瓜蛋子。

笔者的一首短诗"脚步声"跟在谢冕老师诗作后边。相形当然十分十分见绌。

第十三期是1973年1月23日出刊。谢冕老师的生日就在当月,那年他41岁。四十不惑,不,之前之后他被太多困惑包围。谢老师1955年入北大,当年他是典型的文学才俊诗歌青年,红楼杂志楼主之一,写了不少激情四射的诗。据说"文革"当中在江西鲤鱼洲五七干校还写过《茅坪河》,是否之后就是这首《大氅飘飘》不得而知。现在想想,那真是激情与诗意冲破天寒地冻禁锢的一次喷发。

谁说谢老师只写诗评不写诗,写,至少41岁那年他写。

那年头,这首诗注定招灾惹祸,注定要在之后的反击右倾回潮运动中受到批判。"用文学的眼睛观察生活",怎么不说"用阶级的眼睛观察生活"?"小册子中不少描写丑化了贫下中农形象","背离样板戏'三突出'的创作原则"……"十五本小册子充分说明了资产阶级文艺思想和资产阶级教育思想在年轻学员身上的回潮"……

笔者一帮是挨批者,也是批判者,批判对象是昨日满脸喜悦把玩小册子的教改小分队教师,谢冕老师因为有完整作品而成重点批判对象。

喧嚣之后一片冰冻与噤声。谢冕老师再没有热情洋溢诗歌问世,至少没被笔者一班同学看到。谢老师在后来的回忆文章中说,"十年中,我曾被数次'打入另册'。随后,一边要我不停地工作,一边又不停地把我当作'阶级斗争'的对象。我个人和中国所有知识分子一样,无法抗拒那一切。那十年真是无比的漫长,我只能在独自一人时,偷偷吟咏杜甫痛苦的诗句:'不眠忧战伐,无力振乾坤'!"

历史证明,如此境遇对于谢冕老师并不空前,也非绝后。

>>>
高红十和谢冕教授于五院

文学专业七二级学员和老师关系非常奇特与微妙。师生之间并没有真正意义的教和学,倒是一次次下基层,去远方,彼此接近和了解。当然一旦伤害也可能更重。

当年暑假,谢老师召集几个家在北京同学领受给准备复刊的《人民文学》写诗的任务,也就是后来的《理想之歌》。

当年秋冬，谢老师带着张祥茂、陈晓敏一行去云南西双版纳，采写知青典型。谢冕老师的"冕"字往往被人误读成"谢晃""谢虎""谢兔"，还有更夸张的"谢鬼"，谢老师统统照单收下，并摇着脑袋向别人显摆。

十一届三中全会以后的后来，某次开会电梯里见到谢老师，他说有一个日本人写了一篇有关笔者和《理想之歌》之文章，作者是日本九州大学的岩佐昌璋先生。笔者找来文章，找人译成中文抄写好连原文送还谢冕老师。

和谢老师一起开过作家代表大会，楼道碰见了，拉着一桌吃饭、聊天。

1985年笔者从陕西回到北京，班上同学三五年一聚，谢冕老师是必请的，只要谢老师参会，嘻嘻哈哈多过严肃沉闷。

一次笔者遇到谢老师，说要给他寄贺卡。谢老师问我有什么高级的好看好玩的？笔者意识到，老师那里的贺卡一定响的、亮的、稀奇古怪的满坑满谷，标志着他的风生水起、繁花似锦和形势大好。

笔者总是寄邮局发行的有奖贺卡，薄薄一片，省却信封和邮票。从一张一元、一元二角、一元六角，到眼下的一元八角，子鼠丑牛寅虎卯兔辰龙巳蛇午马未羊……一路寄下来；一是省却粘信封邮票，二是希望收到贺卡的人万一有机会获奖呢。

谢老师从来不回。

谢冕老师的诗歌与贺卡

笔者在一篇文章中写到,学生毕业了,就好比埋在地下一坛女儿红酒,逢年过节好日子,酒坛挖出封口打开,会有酒香飘到老师近前。

二十几年下来,笔者知道给北大老师寄出的贺卡,不是最好,却是最早。

牛去虎来的年份,笔者收到谢冕老师的贺卡,如同笔者年年寄出的那种不用信封、自带邮票的拜年有奖贺卡。谢老师写道:每年都是你寄的第一封贺卡,每年我都没有回赠,我是很失礼的,我总是为此自责。没有别的,彼此祝福吧。

笔者以为诗歌创作总是与年龄紧密粘连。但诗意地过生活无论何种年龄都可以做到。

愿谢老师永葆激情、诗意、宽容、坚强的心态与生态!

祝谢老师谢师母年年大吉!

小院阳光

1999年岁末一天,我接到国家图书馆的邀请,请我参加"网络环境下图书馆工作研讨会",顿时心情不平静起来……细想想,倒不是我对这个话题有多高明的想法与说法,而是邀请单位的神圣。

请柬高悬着国家图书馆的馆徽,那一看是"国"、再看是"图"的汉字外形像个印玺;请柬封面用云纹花样铺底,沉稳、厚重,百万千年中华文明集纳与吞吐的浩然大气溢出纸面,令人爱不释手。

在"处处寻钱有钱者少,声声求缘无缘者多"的当今时代,莫非我与国家图书馆真有一丝半缕缘分……

记得上一次去国家图书馆是二十五年前,那时馆址还在北海附近的文津街,馆名还叫北京图书馆,我还是北京大学中文系文学专业的学生,工农兵学员。当时学校出现今天学子以为荒诞不经的事情:最好读书的年龄,在众多藏书的大学,最好是不读书。记得班长带领我们讨论前苏联的黄皮书《多雪的冬天》、

《你到底要什么》和《岸》,偷偷摸摸像是地下党。

当年"派"我和我的同学到北京图书馆是为了审书。起因已不甚明了,回想起来,应该是北京图书馆要逐步打破"文革"初期的禁令,有选择开放借阅一些书籍——从中可窥虽九死而不悔的知识传播者的韧性努力和良苦用心。

同去参加审书的还有工宣队师傅,所谓师傅其实是个梳小辫的女青工。为了集中看书审书,我们住进图书馆后边一个古建筑的小院,小院院落敞阔,遍地阳光,那阳光让人心生虔诚。

\>\>\>
北京大学中文系费振刚老师给我
签书

轮到我们审看是文学类书籍,往细了说,就是新中国后出版"文革"前允许借阅"文革"开始用种种理由禁读的长篇小说,多数是我们上小学中学时的启蒙书、热门书。譬如：《青春之歌》、《边疆晓歌》、《贵族之家》等。

看的过程已不甚了了，只记得看的书要多一些，可能是八本，也可能是十本，接触到的图书馆工作人员皆面色谦逊，心平气和。她们有条不紊做着分内的事情，素色套袖是普遍装束，因为搁书处多灰尘，阳光下那灰尘更为活跃；可能它们也欢喜尘封的书能重见天日流通到爱书的读者手中。

最后审定放行的书有四本，除了前三本，还有一本无论如何记不起书名。审读报告很难写，春秋之笔，曲折为文，"但是"少不了的，同意开放借阅乃最终主题。报告写好，我们工作完成离馆回校。听说后来图书馆真的将这几本书正常借阅，又听说再后来在新的运动中重新禁止……

我只记得图书馆小院不冷不热不温不火的一地阳光，像度人慈航的一叶扁舟，像点化昏懵的一指禅。

七月未名

七月未名。

七月的北大未名湖边有鸟叫。鸟是一种,名字有多。

笔者插队的陕北,依了那鸟叫声唤它"大嫂放火"。地里作务庄稼的农民听到鸟叫,锄把子拄在下巴上,循声抬头问那鸟——大嫂放火,大哥呢大哥呢(有点像后来一首流行歌曲歌词)?大哥黑汗横流在地里干活儿。庄稼汉的解释是,鸟儿如此叫,是催窑里的大嫂赶紧放火赶紧做饭,做好饭赶紧给干活干饿了的大哥送去。

这是庄稼人依自己的理解与逻辑对自然现象做出极为写实的解读。

也成了笔者识鸟的启蒙。

后来听说此鸟叫布谷,很大成分是鸟的叫声与季节,"布谷布谷""布谷布谷",声音很像。但笔者走了不少地方,还真没听人管种地撒种叫"布谷",显然有乡间的教书先生做了修辞,显然比"大嫂放火"多了文气。

再后来得知此鸟叫杜鹃、杜宇、子规,还有如诉如泣的悲剧故事相缭绕,那已经是文学了。

七月未名湖的清早就是这鸟叫,很执著,很好听。

七月未名。

七月前十天未名湖分外热闹,因为毕业。铁打的学校流水的学生。2009年北京大学共有近万名应届毕业生,其中本科三千,硕士生四千九,博士一千三。上万颗年轻的头颅谦逊低下,任由师长拨动方帽上的流苏,那一瞬间多少人鼻酸泪盈刻骨铭心。

11日那天,未名湖边倒了两棵树——季羡林先生和任继愈先生同天离世——笔者以为倒的是槐树,未名湖边一地洁白细碎的槐花。两棵树一齐倒下,生前与身后,动静与意义都被放大。

笔者去了季先生曾经生活过的朗润园,池塘荷花参差绿萍,杜鹃隔着薄雾叫,一股说不出的萧疏与寂寥。

七月后半月,暑假使未名湖回归安静,有旅游者进校参观,围着湖边照相,恨不得带走所见一切,垂柳依依,草木葳蕤,石舫无语,鸟啼声声。

是觅食,求偶?

是叩问,探寻?

未名呵七月未名。

百年中文一排椅

那一排椅子,在哪儿……

阅读纪念北京大学中文系百年系庆两本书:《北京大学中文系百年图史》和《北京大学中文系系友名录》,发觉一件很重要道具——椅子,年级毕业典礼和重大集会合影断不可缺的一排椅子。

椅子做如下使用。

集合照相一般三行人,最前一行大抵女生,蹲或坐地,第二行师长端坐椅上,男生则站立最后。系里人少,或专业人多,往两边拉长就是,一排椅子够使。

看两本书中,除早年中文系学生少,大家站着照相,很多年很多张毕业照如此,不超过蹲坐站三行,至少按动快门那一刻,显得师生和谐并恒久。

椅子不简单哩!托举了四季,挪移了人生。百年时光递进流转并薪火传承。

有段时间,师生皆青青子衿,穿一式长衫,戴同样圆镜片眼镜,头发黢黑,眉眼透着年轻。腰背直溜如青杨树,往直挺,往上窜。眉舒眼展,目光炯炯如手电筒,穿透风尘,照亮前程。

新中国建立初中文系毕业合影,老师多中年,学生有调干,年龄差别不大。

后来,"文革"后的后来,师是师,生是生,照片可分出。

第一排或蹲或坐,腿脚利落,多半女生,中间那排椅子坐着师长,领导不领导,无所谓。后一排站着男生。

>>>
第八次作代会作者和莫言合影

人再多就有专门架子了,如此规模一般不归系里召集。

人在坐,天在看。原来老天一直下着雪。看似漫不经心,东一把,西一把,却心中有数,冷静清醒,严格按齿排序。下那种水分不多的雪粒,下在鬓边、发梢，头顶。人老看眉眼看腰背，眼如卧蚕，细丝包裹，声音和目光皆往回敛。就这样，级与辈与代椅子分出。

绿地摆上一排椅子，意味在约定时间聚拢，师生在约定时间做同一件事：中文系学生毕业的格式条款。

真正的散离则无需椅子，单拨儿，零星，从照片可清楚看到，有人从蹲到站到坐，最后拍屁股走人，绿荫的背影，雪地上脚印，很多人看不到也走了。能像季羡林老、任继愈老动静颇大同天离去，那是几世几代修来的缘分与福分。散时不见人影有鸟鸣送行，鸟叫"布谷"，教育是布谷，中文系是百年鸟巢。

百年中文，非正常走的几十上百吧？锅底火大，饺子破皮，不见馅，只见皮，伶仃洋里漂着伶仃皮儿……

来看椅子。

最早是硬木太师椅，搬起来一定好重！再后来是质地较差的靠背椅，再再后到笔者一辈来，是那种四条腿无背只能叫凳子了。新生入学一人发一个，毕业需一人一个交还，才给毕业证。那凳子轻，看电影看球（倒是哪个时代都有）拎起就走。有时放倒一人凳腿一人凳面，可两人合坐。至少笔者在开学典礼上看朝鲜影片《卖花姑娘》就这么坐的，开学典礼便有了一份凳腿硌人的记忆。再后来是那种可折叠硬塑料面的椅子，坐着也硬，若两张椅面安排三个屁股，不舒服是必须的。

椅子后边有背景。老北大红楼、燕园文史楼、西校门、南校门、绿叶葳蕤紫藤盛开的静园五院,最多是校图书馆前。早年有毛主席像,眼下没有,早年有笔者一拨盖的图书馆,眼下也没有。

服饰倒是与时俱进。素色长衫,玄色马褂,穿西服时候少,穿改良中山装时候多,20世纪50年代布拉吉、70年代军装,80、90年代乱了,乱七八糟好有生气,大学中文系的服饰走廊。变化较小是表情和手势,偏严肃。

百年中文一排椅。

仿佛一摆出来,绿草地上群贤毕至,星光灼灼,有嘈切话语,拍浪笑声。

那排椅子,在哪儿?

同　　学

一个人一生若多次进出学校——像笔者念了完整小学（六年），半截子中学（两年），特殊时期的大学（工农兵学员）；加上文学讲习所（鲁迅文学院前期，一直延伸至北京大学首届作家班），还有三个月中央党校短期班——除去血缘亲属，一摞一摞毕业证通讯录证明着，同学成了最大人际交往群体。

小学念了三个，记得老师同学名字的是最后一所学校。班主任老师姓乔，年纪稍长，脸微麻。笔者考上如愿中学的消息，就是乔老师提前告知。得知消息瞬间，天空澄碧，花香鸟语由短路而畅通。

至今留有一把小学同学小一寸黑白照片，照片后边有名字。学校无名气，地皮却金贵，依偎中南海红墙。体育课打排球，某位男生劲使大了，球飞过红墙，班里大个男生乃中办副主任汪东兴儿子，汪公子颠颠跑进中南海取球，取回球接着打。又打进红墙，颠颠又去取。不亦忙乎乐乎！至今不知打球过墙同学无意还是故意。

小学同学延续到中学，又延续到插队陕北黑家堡公社的有一位。笔者去的李家湾，她去的河吉坪。她名字就叫何冀平，地名与人名重合，天大巧合。对，她就是北京人艺《天下第一楼》和《甲子园》的编剧。我们当年在一个毛泽东文艺宣传队，还是编导组成员。当年她不姓何姓张，随母姓。

一张宣传队带妆合影照片中还有编导组另一成员、中学同级不同班、插队同公社不同生产队的吴北玲，她是北大中文系文学专业七七级，陈建功、黄蓓佳、黄子平等才子佳人的同学，她还有一重身份，陕北知青典型孙立哲的夫人，可惜人走得太早，早于看上去病病歪歪多年的史铁生，史铁生与孙立哲是清华附中同学。

记得宣传队实行"一帮一，一对红"（那个时代过来人知道并亲历），无外乎聊聊天，谈谈心，笔者结的对子是一位拉二胡的苏姓男生，来自北京的一所男校。插队农村没有哪个生产队愿意光要女生，所以每个队知青都是男女校男女生搭配。

那晚上谈话内容早不记得，总之你有不痛快，说来我听，我有高兴事告诉你，聊天手边还干活，剥花生，把剥好圆饱的花生米丢进一大号搪瓷茶缸，有了扑都扑都动静，瘪的丢进嘴里。聊到最后，他让笔者帮他洗演出时围脖子上的羊肚子手巾，遭笔者拒绝。他找了演老太太的我的同学帮忙。事后得意，你不帮有人帮。记得谈话时天顶是深邃夜空，四周是黑色高原。所有天穹无垠广大，所有梁峁真诚平坦，所有沟沟壕壕道路无碍延展，如同在场者的内心世界……

笔者两进北京大学，后一次是中文系首届作家班。班主任曹文轩教授，讲课的有孙玉石、谢冕、费振刚、袁行霈等满台精英。袁先生上完课，板书不让擦，赏。班上有男生去相亲，女方得知男生是中文系学生，约会前现背两首唐诗以应对。袁先生问，结果呢？结婚了。现在呢？离了。袁先生愕然。

这个龙年之尾，大学同班同学田增祥走了，走时离过年还有三天。20世纪70年代，他毕业分配北京出版社《十月》编辑部。在全民读小说关心文学的年代，他写小说，编辑更多更好小说，以获得尊重与社会地位。退休后玩点石头。2012年5月，文学七二入学四十年聚会，有人送手表，别人玩笑说，下次聚会轮到田同学送玉，羊脂玉。

强求不成美事，事终未成。

不敢说同学关系"牢不可破"，说这词都有点咬牙。拢共算下来，还是不走不动轻风淡云的多，要好有限，莫逆几无。空身无牵挂来，空身无羁绊"走你"。

同学一场，因为同等状态入学，每月十九块五角伙食费打底，起于平等止于平等，不会再往下坠；往后的七股八岔，往后的千红万紫，不敢说自傲或自愧，不舒服的感觉有人会有。所以四十年的聚会哪次也没有聚齐，没聚齐便开始散了。

追悼会那天,岳建一、章德宁夫妇(笔者低一级同学)也来送行。章德宁对笔者说,你们班同学来得不多。笔者在心里解释:快过年了,下雪天儿,路滑。再一想,正常。释然。

同学,相伴人生某一区间座标。譬如眼下八宝山告别室签到簿上,点点落墨如梅。

诗之殇

刚进入蛇年大年初五,诗人雷抒雁走了,享年七十不到一,在医学发达昌明当下,不该走这么早,然而命却如此,一边是科学、技术加亲人之心愿,一边是命,看似强大的一边拽不过拳拳一握,雷抒雁还是走了……

我与他相识在20世纪80年代,那是个人人读诗、读小说的年代。谁谁新写一首诗,谁谁发表一篇好小说,你若不知道没看过,就像如今不开博,不用微信,那你就OUT了。

想想看,那是个诗海汹涌诗花烂漫的季节,诗歌是浪峰晶白一簇,匕首耀眼一抹。继《天安门诗抄》后,《周总理,你在哪里》、《小草在歌唱》、《将军,你不能那样做》、《中国,我的钥匙丢了》《致橡树》;"黑夜给了我黑色的眼睛,我要用它寻找光明","卑鄙是卑鄙者的通行证,高尚是高尚者的墓志铭",谁不会背个一首,来上两句。

新时期的诗歌创作,在思想解放、文学解放、文化解放的大潮中狂飚突进，啸声震耳。那时诗歌是入世的，是自励励人的。那时诗是有标点的，有韵的，是可以高声诵读的。如同雷抒雁《小草在歌唱》：

> 正是需要光明的暗夜，
> 阴风却吹灭了星光；
> 正是需要呐喊的荒野，
> 真理的嘴却被封上！
> 黎明。一声枪响，
> 在祖国遥远的东方，
> 溅起一片血红的霞光！
> 呵，年老的妈妈，
> 四十多年的心血，
> 就这样被残暴地泼在地上；
> 呵，幼小的孩子，
> 这样小小年纪，
> 心灵上就刻下了
> 终生难以愈合的创伤！
>
> 我恨我自己，竟睡得那样死，
> 像喝过魔鬼的迷魂汤，
> 让辚辚囚车，碾过我僵死的心脏！
> 我是军人，却不能挺身而出，
> 像黄继光，用胸脯筑起一道铜墙！
> 而让这颗罪恶的子弹，

射穿祖国的希望，
打进人民的胸膛！
我惭愧我自己，我是共产党员，
却不如小草，让她的血流进脉管，
日里夜里，不停歌唱……

诗是写女烈士张志新的，当今有多少人知道她记得她?！

一部中国诗歌史，除了婉约，必然还有豪放，除了雨巷丁香，必然还有匕首投枪，除了雍容华贵，必然还有锋利峻急。入史之诗圣杜甫，除了"两个黄鹂鸣翠柳""一览众山小"，必然还有《茅屋为秋风所破歌》和"三吏三别"。所以才有不容贬抑和不会泯灭的《天安门诗》和《汶川诗》。公众读者或许说不出子丑寅卯，只觉读了诗感动，并把这感动分享他人。

我与雷抒雁的较近交往，是 2010 年 8 月第五届鲁迅文学奖诗歌奖初评，我是初评委，他是初评委主任；为便于初评和终评衔接，他也是终评委副主任。

诗歌早已不复当年光景，评奖还要公开公正公平，一切基础是认真。雷抒雁是认真的。

读作品前，雷抒雁召集大家开会，讲纪律，签署"保密协议"。

进入诗歌初评第二轮投票之前，雷抒雁发言，他强调鲁迅文学奖是国家奖，不同于个人、团体奖，有自己的标准，比较全面。他说，如果有作者以前获过奖,此次又有作品入围,可横向比较其他作者,也纵向比较他以前的获奖作品,质量特别优秀的可考虑上,如果不行,把机会让给其他年轻人。雷抒雁再次强调评奖纪律和人人都签过的保密协议。

两天后开始初评第三轮也是最后一轮投票。其难度在于,通过作品不是简单多数,要达到13名评委数的2/3,也就是说九票上,八票下。评委个人意见会在此次投票过程中凸显和坚持,形成票数分散很难集中局面。

雷抒雁在投票前做了简单发言,他建议大家再看十分钟作品,这次投出的20部决定最终当选的5部作品。

总共投了六次票,确定20部初评诗集。

事后细看,最终获得鲁迅文学奖诗歌大奖的五部诗集全在第一次通过的12部作品当中。

我做为第一次参加此类活动的资浅评委,尚有说情电话打进手机和房间分机(不知那些能耐人从哪儿搞到),雷抒雁是初评委主任,可想而之"干扰"更多。但我自始至终没有发现他对哪部作品有倾向性,总督促评委多看作品,哪怕评不上,也要说出评不上理由,给作家作品和评奖活动有个交待。十天评奖并不轻松——看,费眼;取舍,费脑——却心情愉快。

特别要提到初评时高票入选的诗人刘希全和他的诗集《慰藉》。刘是《光明日报》高级编辑,刚调《诗刊》月余,很想把《诗刊》办好,有更大的发行

诗之殇 | 041

量,有更多的爱诗读诗人。天妒英才,刘希全猝死于初评公示期间,离中秋节还差一天,享年48岁。按照鲁奖评奖规则,去世者不再参评。

一例诗人早逝事件,让人纠结唏嘘。

还有更早的海子,那个"面向大海,春暖花开"的诗歌化身。

于是想到诗歌创作。刹那间的心血凝集,坐地八万里,巡天一千河的脑力劳动,语不惊人死不休,刀尖上舞蹈——诗人岂有不敏感?敏感岂有不伤怀?不悲天悯人悯己?小说写作可以靠故事(莫言语),报告文学可以靠事件与人物的新闻性(没有难易排序意思),诗呢?除了语言,还是语言,里子面子系语言于一身,没有几张皮好脱蜕。写诗,认真写好诗,那是个费心耗力磨命活儿,命因磨薄而薄命。

2010年11月,第五届鲁迅奖颁奖在鲁迅家乡绍兴举行。我见到雷抒雁从甲地赶来,会后奔乙地去,很忙,面有疲色。

2012年春天,他当选中国诗歌学会会长,正打算伸拳展脚大干,却倒下了。

雷抒雁走了,诗人走好,诗歌长留。

保重,中国诗歌!保重,中国诗人!

春天的记忆

人生记忆并非由经天纬地大事填充,更多细节,如同古老城墙勾缝用糯米汁和鸡蛋清,系一方重石一抔黄土于百千年。

丰美的古典诗词在那里在远方,你不过去它不过来,有也若无。但凡有人搭条木板,多讲那么两句,听者心窍洞开,记忆斧凿。

春天总是疯疯张张,手忙脚乱,不怎么按常理出牌。尤其惊蛰过后,鸟飞虫蹦惊天扰地的闹热,人们走出家门,看柳看河看枝头千变万化。扫兴处人手一个镜头,花跟前景跟前,照相人比花多。但主流价值已生发绽放确立,朝着春令指引方向,朝着美丽茂盛走,横竖横差不了太远。

想一件沉静的事,很难。

多年前的春天……应该是春天,是插队回家探亲延宕未归的日子,妈带我去看一位老者,夏承焘。那时我不认识夏先生,妈说是研究古典诗词的,学问很大。那时的我大学中文系毕业,于古典文学却很生疏,源于大学没怎么读书，净参加运动。有人愿讲，费不了多少时间，听听罢。

夏先生住一寒凉的单元小屋（停暖气了），头发胡子不经打理地凌乱（要的就是那"范儿"）。穿衣层次很多；得知来人要听他讲宋词，受宠若惊，先生——真的很开心。

在场还有他夫人，我称她"无闻"阿姨，不知姓吴叫闻，还是另有他姓，说是《文汇报》编辑，很热情。

夏先生江浙口音重，所讲大约一半我没听懂，尤其古典诗词，不知说的哪些字。只记得他讲词之妙处，说到一例，"鬼灯一现，露出一□□面"，问两个空格处填什么才最可怖？我怕露怯没敢答。夏先生说，讲课时有学生说"獠牙青面"，说"吐舌翻眼"……统统不对，因都在一般想象之中。先生在空格处填上"桃花"两字，"鬼灯一现，露出一桃花面（因时间太久，非夏先生讲述原文）"，听时果真心头一凛，后脊背丝丝寒凉。

此形容恐怖之妙，随年龄愈长愈认同。

记得夏先生还讲了一首辛弃疾词。夏先生搬出一本竖排线装书，翻到某页顺着指头念给我听，我只听懂"书咄咄，且休休"几个字，全文还是我后来从《宋词选》上找到。抄录如下：

鹧鸪天 鹅湖归，病起作

枕簟溪堂冷欲秋，断云依水晚来收，红莲相

倚浑如醉，白鸟无言定自愁。

　　书咄咄，且休休，一丘一壑也风流。不知筋力衰多少，但觉新来懒上楼。

多少年后再读，夏先生走后多年再读，自己到了"懒上楼"年纪再读，竟有些鼻酸泪盈呢。前四句静默秋景宛如油画，后两句举重若轻网兜样一揽子兜起，那份对岁月流逝年纪渐长的不认不甘，那份不以为然其实很以为然，那份内敛平淡的表达，真有惊心动魄之感呢！

我记住辛弃疾记住夏承焘先生记住那个寒凉的春天。

今年春天，季节形式化概念化走着程序，无甚新鲜事物发生。一天，楼下丁香花开了，年年到点开花，开岁岁相同花，不稀罕。我路过那花有一小保安喊我，问阿姨这花叫什么名字？我看到他手举一小相机给花拍照，顿时来了热情，我说那花叫丁香，告诉他哪两个字。我说，丁香花十字花形，除了白色还有紫色，香味不明亮闷香闷香。小保安频频点头，很兴奋，并连声谢谢。

我走开了，想着由丁香说到雨巷、姑娘，说到戴姓诗人，对他是否艰深了……

用文学厨艺烹饪新闻食材

——读余华小说《第七天》

一

小说《第七天》扉页写了《旧约·创世记》中一段话，大意是：上帝在创造万物之后的第七天，歇了所有的工——由此开头并最终规定讲述人杨飞讲述自己死后七天的经历，从死后去殡仪馆的第一天到来到"死无葬身之地"的第七天，"死无葬身之地"是阴间一个美丽无比的地方——规定讲七天，不可以信口开河没完没了讲下去……

严格说，小说讲述七天经历与旧约那段话并无干系，连头带尾七天经历也非第七天经历。

好吧，来说说这本书吧。在暑来如山倒暑去如抽丝的 2013 年夏天，发生多少让人瞠目结舌的事情，足够重大的新闻事件，生猛、火爆、花枝招展，吸引眼球；余华的《第七天》相比轻薄让人无语。有人说，2012 年 2 月，王立军跑路美国驻成都领事馆，小说立马倒地昏迷；2013年夏天，"棱镜门"主角斯诺登跑路多半个世界，小说无可救药死翘翘。有点夸张，不无道理。

二

小说《第七天》总共13万字，不长，按天分成七个小中篇，好读，其实为了好写。

想象余华写作速度不会太快。20世纪60年代出生，年纪已过知天命，看到并大部知晓人生的后半段，文坛过往是荣誉，也是羁绊，此时余华编织一个人影憧憧又鬼影憧憧小说，前思后想时间笃定多于敲键写作。

"第一天"读后感觉混沌、暧昧，不怎么舒服；也可能因此惹恼了余华粉丝——谁让粉丝用阅读定势期待作家的新作品呢——余华要在"第一天"开疆拓土，确立小说格局，确定叙述调子，用去世者杨飞第一人称讲述，想获得穿越阳世阴间的一份自由，就得牺牲小说故事的严密逻辑，让讲述者想去哪儿去哪儿，想说谁的故事就说谁的故事，取舍装进里边的新闻事件（真实发生众所周知的新闻），一要有足够影响力，二要有人性的感染力。像卖肾、强拆、一人杀多位警察等，呵呵比起新闻这些事已属旧闻。新闻易碎呵，碎他是后浪打趴前浪分分钟流淌的时间。

但愿我解读得靠谱。

三

宁肯，《十月》杂志社副主编。代表作有长篇小说《蒙面之城》《沉默之门》《环形山》《天·藏》等。

显然，反映现实这个问题也挺让宁肯心烦，他认为存在着两种现实："我写的现实和我没写的现实，我没写的现实否定了我写的现实。那么我没写的现实是什么呢？是贪腐、权力、性贿赂、动辄拥有几十套住房、一桩桩挑战我们神经的权钱大戏，是地沟油、有毒食品、暴力拆迁、三聚氰胺、PM2.5、比美国大片还惊险的出逃。这样的现实，在我们的视听中旋转起来，每个人都被裹挟其中；这样的现实在很大程度上否定了我们的日常生活、我们的内心生活，否定了细腻的感情、心理活动，进而否定了写作。因为这样的现实就好像一个黑猩猩，我本来是说书人，但"鸠占鹊巢"，它占了我的位置。这样的现实比我讲述我的小说精彩得多，它引起了所有人的注意、所有人的目光，以至我们的现实感已不是来自我们自身而是来自上述令我们愤怒又迷惘的那样的现实。我们自身的现实无足轻重，甚至称不上现实，我们写的东西也不是现实的，是微不足道的，甚至连我自己也认为自己没有写现实。"

"同时文学也常常被指责没有面对那样的现实，一些官场文学触及了一些贪腐、权钱，但又评价不高。当人们谈论文学的缺席的时候，事先没把官场文学算在内。好吧，就说纯文学——纯文学为什么没面对那样的现实?或者说纯文学作家为什么没有面对?一种说法是文学应该同现实保持距离,还有人说反映这些问题应是新闻的责任不是文学的责任,这都有道理,但并不能免除社会对文学的指责与作家本身的焦虑。显而易见,回避已使文学变得看起来十分无能。道义可以商量,责任可以免谈,但无能让我有点受不了。无论出于何种原因——估且认为是忍无可忍——余华的《第七天》冲上去了,我觉得这是个好兆头,余华不是小角色,具有标志性,但遗憾的是读者仍不满意,甚至眼很毒,戏称《第七天》为"新闻串烧",学术一点可称为"现实串烧"。然而,实事求是地说,余华是作出了认真而严肃的努力的,也有部分成功的经验,比如用死后的视角看待现实(注意,我们这里谈的现实均指上述罗列的社会现实),比如一定程度将现实陌生化。"

四

没有什么不可以。把新闻当做食材,烹煮煎炸,要么干脆乱炖,肉夹馍还是馍夹肉,不该设有禁区。读者不喜欢有读者的阅读眼力眼光的局限,也有作者烹饪水平不精,本事还不够神奇。《第七天》一人杀多位警察的章节(上海警察心头痛),写得比较有趣和有味,而强拆和卖肾就像花边样搭拉在情节外边。我以为,新闻可以写入小说——其实作者每个或大或小的故事几乎都来自新闻,只不过那些新闻太小太局部不为绝大多数人所知,以为它是作者"煸炒"用的纯文学"食材"。

五

《第七天》写得好的是杨飞的父亲杨金彪。他与养子几十年相依为命,放弃自己的婚恋、家庭,能说他只有付出,没有所得,十分金贵的所得么?余华一贯冷酷的文笔到此变得细腻温情。一部长篇,若无几处动人,才算失败,倒不在镶了几个新闻的花边。

>>>
2014年政协礼堂作协团拜作者和铁凝

六

突发奇想,中国文学史的经典《史记》,当年也是新闻,大新闻,大新闻中的大人物。岁月沧桑,日月轮回,《史记》成了文学鼻祖。文学,新闻,谁又讲得清之间的同与异,宵与壤,依违叛服?吾辈自认各方各面知之甚少罢。

七

凑个七。我觉得此书尚可看,看前别设置条条框框,别受评论特别过激评论影响——有些"骂不惊人誓不休"的评论者,别理他们——清汤挂面般读(吃)下去,吃完连汤喝掉,从语言到故事都有可取之处。当然,世界这么大,发生事情这么多,不看也没关系。《第七天》,一本书而已。我们看过的书永远少于没看过。

第二辑 一盒冬枣的线路图

>>>

不 相 信

历年 3 月 15 日，成为集中揭假打假日，2009 年也不例外。"年年岁岁花相似，岁岁年年人不同"。岁月久矣，积弊甚厚，媒体再怎样花样翻新栏杆拍遍，国人总感麻木——无非害人把戏再添仨瓜俩枣，还不如刘谦魔术娱乐性观赏性强。

百姓心冷，不相信了。

不是吗？

满街"名烟名酒旗舰店，惊曝全市最低价"的招牌，你信么？

不信，怕是笑笑或者笑也懒得，眼睛不眨头也不转。

当报料药品广告医生专家是演员扮的，你还信他说的药和制药企业么？

不信。

当你得知真教授造假，真院士涉商为利益代言，除了震惊人类灵魂工程师把灵魂撮堆卖了，他说的话你信么？他讲的课、编的教材，连带他跻身的学府你还信么?

不信。

还有早就褪色的文人们,出生年月、学历学力、学术成就讲不清爽,他写的文章出的书读者还信么?

怕是不信。

更不要说无良明星了,镜头前说三道四踢五踹六,自己如何早慧,家境如何贫寒,星途如何坎坷,今儿结了明儿离了后又恋上谁了,大为可疑的是,恋与结与离的对象咋那么多外国人?且一水欧美人士,绝少来自第三世界虽然那里同样有靓女帅哥。

这样的访谈当然不信。

云南"躲猫猫"事件,先前的职能部门信誓旦旦,后来证明信誓旦旦多半虚假。此部门往后的信誓旦旦,连带类似职能部门的信誓旦旦,还有人信么?

悬。

有关部门让干部申报自有财产,结果干干净净纤尘不染,你信么?

官员回嘴让百姓先报,惹恼坊间一片骂声。挺严肃的反腐倡廉事变成网上口沫飞溅。

名片成了明着骗,手机座机电子邮箱一应俱全。你打打试试,十次有九加一次不通。还有某某热线举报信箱什么的,早成摆设。

有人为訇然倒塌的三鹿大厦惋惜,觉得突然,其实百姓对食品安全的信任早就折损销蚀。从苏丹红、孔雀绿、柠檬黄……好一道赤橙黄绿青蓝紫可怕的彩虹从天而降，降到碗里降到嘴里，不是一天不是一件，白蚁蛀堤浮沙蚀岸，直至往白生生的奶里添毒，让祖国的未来添堵，三聚氰胺，不过是压倒骆驼的一根（但愿是最后一根）稻草。

不相信很可怕。无良企业无论怎样举拳宣誓，怎样开放生产流程让百姓参观，还是不信，谁知道我走了你会怎样？谁知道你是井绳还是蛇？心地布满难长青草的盐碱。

都不相信，总不相信，怎样消费？怎样拉动内需发展生产搞活经济？怎样建起清平世界朗朗乾坤？

病来如山倒，病去如抽丝。让我们从一根丝一根丝开始，抽去病源，从一块砖一片瓦开始，重筑信任。

不易，很难。难也要做。

从认真退货，认真售后服务开始；从镜头前报纸上讲真话开始。讲了假话做了错事怎样？严惩，让其断舌。

要真断，可别是刘谦变魔术。

从"检查"到悼词

最近受朋友之托,为他去世多年的父亲整理一份生前事迹材料。给朋友发出征文邀约的是前新四军五师。1937年参加革命,1938年入党的朋友父亲某阶段革命经历属于新四军五师。

从近半年抗战胜利60周年一系列纪念活动,相信广大读者对八路军、新四军已耳熟能详,想象之中整理一份这样的材料,对从事多年文字工作的我当不是难事。何况征文有明确要求,不面面俱到,只截取1937年到1947年,突出重点和亮点。

朋友给我有关他父亲的材料只有两份,一份"文革"当中的"检查",一份逝世后的悼词。

还有别的么?我问朋友。

没了。"检查"还是好容易才翻出来的。

惊讶,错愕,还有些许荒诞。一个少小献身革命,对信仰从未迟疑、动摇的党的高级干部,全部涉已文字除了"检查",就是悼词。这可是完全不同的两种文字呀。人已去世1/4世纪,再无补充采访的可能,只有依现有材料整理。

"检查"是"文革"那个特殊时期的产物。写者为了交待清楚自己，文风极其内敛低调。一时段，一地点，上级是谁？战友何人——为了方便组织外调。没有定、状语等形容词，也几乎无功只有过。一路写来，平均使力，没有重点，更不可能有亮点。比如，朋友父亲讲到1939年任河南确山县委书记，发生了"竹沟事件"，只讲我后方机关遭敌偷袭，至于战斗激烈否，我方伤亡惨重否均无记录。再比如，1941年朋友父亲任泌阳县委书记兼独立团政委，一高姓当地老党员带枪投敌，也是照实说，几笔写过。自我检讨之处是，未能及早察觉，给党的政治影响带来损失。

这样的文字读不出书写者的感情。到120师见贺龙等领导应该高兴吧，到延安抗大和马列学院学习应该兴奋吧，听周恩来副主席、项英军长做报告应该颇有收获吧，入党应该很激动吧，抗大驻地炕小人多睡下很挤吧，不带罩子的煤油灯会把鼻孔熏黑吧；竹沟事件发生时，身为县委书记的朋友父亲心里有压力吗？在南京，中共代表团王炳南护送朋友父亲乘飞机到北平军调处，那飞机颠簸厉害么……统统没有记录。当事人当事时不可能没有感觉，只是被"检查"的文本要求给挤榨和风干了。

检查文字涉及那么多名人：贺龙、关向应、刘道生、胡耀邦、苏振华、陈明、韦国清等。当今任何个人与其中一人沾边，都可大做特做文章。可那是"文革"时期，名人大多被打倒，避之惟恐不远。朋友父亲只为说清自己历史，决无攀附、炫耀之想。

如果说还能从"检查"文字中隐隐读出什么，那就是努力说清楚自己，全力协助组织查清楚自己，好尽早获得"解放"——够荒诞的——为党工作。

朋友给我的另一份文字是他父亲去世后的悼词，一生经历事迹线条较粗，文风则极尽褒扬。

朋友父亲去世早，1980年。1978年底召开党的十一届三中全会，拨乱反正，人刚到位——任中国机械设备进出口总公司副总经理，想大干一番事业，却因病误诊，壮志未酬，逝去了。

谁都没有想到，朋友父亲更没有想到，从"检查"到悼词的路会这么短。

朋友父亲若再多活二十年，会有一些文章，心平气和、准确表达的文章出来，也不会让我如此为难。

我在想，"检查"加悼词，两相折抵，会还原一个本真的朋友父亲么？

不知道，我不知道，朋友也不知道。

我家人只记得，上世纪七七、七八那些年，我妹妹和朋友妹妹全力温课应对高考，所有政治考试模拟题都是朋友父亲出的。高考结果，一个北医，一个复旦，一个建工学院。我老父亲的记忆是，老杨能干，扛一袋米进家门。

对了，朋友父亲姓杨，叫杨安平。活着的话，今年90岁。没问题会得到一枚抗战老战士纪念章。

离大本有房车

——读婚介广告

某日无意中翻到报纸的婚介广告,在"天赐良缘"的总标题下看到以上文字,笔者笑出了声。

囿于按面积字数收费,此类广告文字极其压缩精练且无标点,一般16开版面的六分之一要装下有征婚诉求的60人,这么点地方还要把该说和想说的说完,所以必须规范格式与文法。一般上来先报男女,往下是年龄,再往下是身高,以上三项必须坦白交待;再再往下是求婚者最想告诉对方的自身条件——类似"离大本有房车"的内容。

"离大本",意思是"离婚,大学本科学历"。此一硬件各个不同,"未硕",未婚硕士;"丧博",丧偶博士。离丧之人一般要交待有无子女,"离未育",或"一女在国外"。那天版面只有一老年男士有这样要求"女方最好带一男孩"。这一栏里还有"京户",北京户口,要求对方也是"京户",或者"户不限"。

"有房车"属于太过简单交待。有的征婚人在金贵字句里不厌其详介绍有几处房，几居室，多少平米，复式还是花园洋房。笔者发现下面文字有了警觉，某男50岁"事业单位领导干部两套住房400平米"——但愿此房来路正当且清白，经得起纪检监察询问。

笔者发现，婚介广告中的男士那么多体面人：房地产公司总裁、CEO、大学教授、绿卡学者准备携女眷出国、高级工程师、名记、正处或副处——至少从广告上看他们除了婚姻要么未知要么失败，其余都很成功。女方的职业比较多样：主持人、记者、翻译、教师、医生、模特，也有标明独生子女或高干子女的。只有一位53岁的京离女性，讲明自己是退休工人，笔者佩服她的勇气担心她的结果。

往下的介绍比较虚。譬如40岁以上女士、50岁以上男士会这样评价自己"气质佳显年轻"。什么算"气质佳"？酷酷的？嗲嗲的？天差地别；怎样算"显年轻"，见仁见智喽。

拆开来说了半天，不如举两个范文，好使读者有整体印象。

一大手笔男士："35/182未博多家公司总裁两套甲级公寓两部名车资产上亿（但愿面对税务部门他也能如此夸口）潇洒帅气觅优秀小姐"；

一感觉颇好女士："26/170本科未婚封面模特古典美人风华绝代觅优秀先生"。

两人是否绝配?!

以上种种，无不烙着时代价值观的戳记，罩在俗世的滚滚红尘中。个别人在简短文字后这样写道"贫富无妨有缘就好","觅真爱"等等,谢天谢地,还记得觅真爱,只不知物质的重门高槛后边还有真爱候着否?

但愿有。

《诗经》第一首《关雎》是一首求偶诗,古代的婚介广告。

关关雎鸠,在河之洲,

窈窕淑女,君子好逑。

……

笔者不敬,试把这首诗三四句改成现代婚介广告:

关关雎鸠,在河之洲,

离本京户德美体美淑女,未博房车薪丰绿卡君子好逑。

一种时差

人们，特别是爱在世界各地溜达的旅者，出国入国重要事项是对表（要么看调好时间的手机），以确定脚踩地面的时间是早是晚日头该出还是该落。有时走的路长了，一天要对好几次表，不胜其烦的制造者是时差。

此时差把360°地球做24等份，每块像西瓜皮一样的地盘是一小时一个时区，按照东加西减计时——比如北京往东边的悉尼走，到地方拨表，过了两个时区，北京时间加2小时；往西边的英国走，跨越8个时区，北京时间减8小时。

为了避免走着走着对着对着糊涂了——免不了——出现"日期错乱"现象，有些爱操心的组织又规定180°经线为"国际日期变更线"。当旅者由西向东跨越国际日期变更线时，必须在计时系统中减去一天；反之，由东向西跨越国际日期变更线，就得加上一天。

有点烦。别说烦，笔者刚接触时差，头脑里什么神圣物件被轰毁，像多米诺骨牌哗啦啦倒塌掉：敢情时间不是天经地义天荒地老,而是有人在计算器上戳戳点点加加减减算出来的!

不得不接受时差,是人理智的选择,生物钟却很难迅速调试好,多数时候,时差与打乱的生物钟相加,成为一种不舒服甚至痛苦的记忆。

笔者要说另一种时差。

随着社会生活中网速的提升:1兆、2兆、10兆、百兆……年轻人在虚拟世界成王败寇,要杀要剐,要情要色,一键即可抵达;电子产品无不以快为前提抢占市场,产品使用者使用时的神游八骛,心追太极,以为自己无所不能呵呵。

>>>
1975年高红十在北京大学

回到现实。

现实并无提速。比如去医院看病挂号,排队时间没有缩短;比如上学读书,绝大多数人还得一步一个台阶;比如成长成材,比如毕业就业,没有提速,十几几十年过去，不往慢出溜就阿弥陀佛了。电视台的广告时间不是越来越漫长么——笔者突发奇想，谁发明一种软件，可把广告转换成好看动漫，好听音乐，哪怕眼保健操的口令呢？挺！

当现实变得习以为常，不得不习以为常时，想求解想改变就很困难，难到很多人不想求解和改变了。

另一种时差形成。

受网上快速与现实慢速时差挤压，对这种挤压分外敏感的一批人诞生了。他们性急、暴躁、易怒，他们不懂凡人世界的显规则与潜规则，没有数年公序良俗的熏陶，没有与人交往时对自身行为的调试与校正，在"想怎样"与"能怎样"的选择关头，直奔"想怎样"，几乎出手就很恶劣，不计后果，一剑封喉——封他人与自己的喉。结果自己无力承担，旁人无语，社会愕然。

诈机，绑架，劫持，投毒，摔孩子，直至夺命。

笔者不才，想不出良方应对，但请有关部门，至少是社会心理调试与疗救机关注意。

慎动杨树

前些日子京城飞絮,粘连头发,糊住眉眼,在地面屋角撒欢,给洗净的衣服镶边……公众的日常生活有点困扰。

于是一个声音浮出飞絮:把杨树砍喽,换上不飞絮的树种。

此声音已断续起伏几年。

笔者的态度是:慎动,慎动杨树,慎动京城早已有之的植被。

不错,每年飞花季,杨树让人有点烦。烦不太久,一周十天吧,也就尘埃落定河清海晏。一年其余355天,杨树带给百姓的还是利多。杨树的优点:速生,树荫大,耐寒耐旱,管理成本低。除了秋季叶子不能像香山黄栌变得姹紫嫣红,它的观赏价值并不低。杨树多生长在路边——那叫钻天杨、宅院,可见是平民树家常树。大作家茅盾的名篇《白杨礼赞》,一不留神就将绿色升华为人文。

有趣的是,现在的高速路边没有了杨树,好像什么树也没有，司机不觉得眼睛难受么？

回顾历史，京城的决策者在植被问题上的确有过失误。

某年为了迎接国庆庆典，换铺人行道石材的同时也换挖了街边的杨树。结果那新铺的石材遇雨雪极滑，而新换的树种久久不能成荫，热袭公众不止一个夏天几个夏天。

又一年讲京城应该用绿草替代树木，于是引进大片草坪草。那草倒是漂亮，可漂亮得短暂又贵重。保养成本高，费水，根本不适合北京这类严重缺水的城市。

记得当时传媒也报"有专家云"，笔者不怀疑那些专家的专业水准，但依笔者的经验，既然是专家，就不可能是一种声音，为什么听不见其余声音，很可能是决策者不怎么养耳的声音？为什么不听听更多方面的专家云？除了园林专家，还应有环境专家、水利专家、民俗专家与普通百姓。百姓见树比见三亲四戚还多，他们当然有不可或缺的发言权。

一方水土养一方人，一方水土养一方树。老祖宗在多年天人合一的琢磨中实践中总结出该种什么树，什么树好活好看，想必有其大道理和大学问。飞絮扰人，实质是人太多，人的生存空间挤占了树的，是人扰树的结果。

随着城市建设的大手笔，几个令人惊悚的字眼频频见诸传媒：砍（树）、拆（房）、炸（楼），砸……

令人想起"文革"当中破四旧语言"格杀勿论格砸勿论",话语语气很霸蛮很无理很粗糙很不近人情,折射出话语者"拍拍脑袋一个主意""萝卜快了不洗泥"的决策心态。

不能不改了,因为我们的家园已没有多少可砍可拆可炸可砸之处了!

对于自然,人们多一些尊重与敬畏之心当有益无害。

笔者窃以为,"燕山雪花大如席"已不再,难道让"杨花似雪"也人间蒸发么?

时　　间

收拾旧物,在抽屉旮旯发现一张无字的白纸。准确地说是一张早年传真机用的热敏纸。想象当年收留这张纸一定有收留的理由。什么理由?从眼下无字的纸上得不出任何答案。细心收留字纸;到字迹在不察中灭失;到半点想不起因为什么收留;时间将字纸洗白,变化结果令笔者空落落地错愕。

就是这样,时间带人走进一个个误区、盲区,又一环环走出来,比如美容,比如减肥。人在时间的前浪后浪更迭拍打中成长。由轻信、幼稚到成熟,持续一个阶段,重新回归到幼稚、简单。

听人讲一位法学家过八十五岁生日,佳宾如云,颂词如雨。患有老年疾病的长者不听不闻不识,只对光鲜的生日蛋糕感兴趣,笑着说,好吃;说,还吃。

清理旧时报刊,检点写过文章,很多话成了废话,成了没有什么用的话,远不如当初的期待和评价。也有些话沉淀下来,发着些微的光。当然再沉淀时日,依旧可能堕入时间大河的沙底,终究成不了珍珠。

>>>
宁夏沙坡头

时间就是这样,义无返顾一视同仁地不可逆。

参加第七次全国作家代表大会,这是笔者十年之内参加的第三次大会,感慨强烈是时间让大家一起变老。

笔者在小组会上讲一个不怎么好笑的寓言,说是黄鹂鸟和青蛙比数数。结果嘴拙的青蛙赢了,黄鹂鸟不信,再数再比,还是输。细听去,黄鹂鸟仗着口齿伶俐"一二三四五六七八九十"一气数下来,青蛙的数法是"俩五俩五"。后者厉害果然赢了。

回想人生各阶段,有如黄鹂鸟数数,"一二三四五……",清晰美妙,字正腔圆,感觉也如白鹭上青天。有时却如青蛙数数"俩五俩五",日子咋过得那么快?

对极难破解的时间之谜,笔者保有高度警觉。

田间地头

那天听一条新闻,某省卫生机构把健康保健知识送下乡,送到田间地头……

我乐了。

想象一下,现如今农村还有多少活动是在田间地头进行?事实上,长三角珠三角一带田地早成厂房,农民进厂成了企业员工,有的地方礼堂会所比城市社区还要豪华,上哪去找田间和地头?打诳语吧?瞎说吧?

我下乡插队的陕北黄土高原,一年四季土里刨食,确有很多田间连着很多地头。

那可不是字面意义地理意义的田间地头,那是活生生的生产生活,衬着四季变化大千风景。

生产队社员前晌或者后晌下地干活儿,先去地头放下纳一半的鞋底袜底,带搓麻绳的麻捻,剜野菜的铲和筐,再拿着镢锄镰正式干活陕北话叫"受苦"。等干了一个时辰,队干放话说"歇",整个一歇公不歇私,众人风风火火奔向放东西的地头,捡起干半截的活路，搓麻——此搓麻不是彼搓麻，纳底子，剜野菜。这些活儿大多归女子婆姨做，男人呢？懒！男人就是个吃烟。知青呢？累！知青找一有阳光的田间地头，脱下鞋子当枕头，放展身子睡觉，闭眼就睡着。有当记工员的知青不睡，找社员对工分，念报纸（我手头还有一张记者摆拍的照片），拉话，胡天海地拉七晕八素的话，类似眼下黄段子。

>>>
多帅的陕北后生

乡下日子跟着阳光月光一垄一畦走，走过田间走过地头，走着走着走过许多年。

赶上秋季早霜，更有甚者早早下雪，就得坐地里剥老玉米了，一片刷拉拉绵密细碎不断声响动，信天游歌声和话语，田间地头。

自打土地分包到组到户，不再有田间地头故事发生。

地还有，改种果树、药材、烟叶……要么外出打工，把地撂给外人、老人孩子种。累不说，无趣。人情流转，诗意消散，田间地头。

眼下闹得凶的三聚氰胺这档子事，主意一定不是在田间地头出的。地头有阳光有月光有清露白霜，田间有打蔓蔓花刺蓟苦菜，有地老鼠、蚂蚱，整夜卡拉不管 OK 的秋虫，都看着呢，谁敢出那缺德主意。那缺德主意一定滋生于不见阳光的密室，小声说到大声做，弥布田间地头千秋万代的公序良俗便像露水一样，干涸了……

一盒冬枣的线路图

这盒冬枣线路图的起点是冬枣树。半红还青时被人摘下,放进长方形发泡质地的盒子里,一盒大约五斤。想象那时枣们鼓胀着脸,紧张兴奋,汁水饱满,不很红不很甜,送枣人想把最好形象留给收枣人"啪"——打开盒子瞬间。

二十盒冬枣跟别的货物紧实地塞进物流车,满载的车子过路过桥,交各种费用,大车倒小车,最终运到京城某高干楼下。

高干楼没有名光有号,沿街排列的号,北面单号,南面双号。只要报出那楼号,人们便意味深长一脸知道了的表情。

枣不知道。噔噔噔被搬进高干楼一户人家。这家户主是女的,了不起的军队高级干部,有一位更了不起的父亲,说出名字吓死谁。

枣不知道。它只知道这家人家上下几辈都与产枣的地方无甚渊缘,一定是送枣人或单位有求于这家人家,就送来了。除了上市买卖,只要送来送去都有目的，只是那目的枣不知道。

后来，枣被放进这家人家一楼的半地下储物室，始终没有机会被主人"啪"一下打开。枣很郁闷，因郁闷日渐憔悴。

一起郁闷并憔悴的还有大白菜，小盒装的鱼、羊肉和虾。

一周要么十数天后——枣看不见天日又没戴表所以什么也不知道，女主人家来了客人，可能为女主人编书或者为女主人父亲写书，又或者请她为客人写的书做序，参加客人编辑出版书籍的研讨会。读者大约明白客人是干什么的了吧？

枣不知道。

枣重新见到天光是女主人带客人来到半地下储物室打开房门。女主人见客人有车，让他一定带走几盒冬枣，还有大白菜。女主人很坚决，说，吃不完，会坏。

几番推让，五盒枣五棵大白菜上了客人的车。

客人车子开没多远，接上又一位女同志到了吃饭地方。请吃饭理由是客人一本书被评上奖，女同志是评委，客人要谢谢女同志，聊聊文学。

饭后，客人送了女同志一本签名的书，坚持要女同志带走枣和白菜。

女同志百般推脱，理由过硬，沉，不好拿。一盒冬枣装进女同志手上的无纺布环保袋里。

女同志回家，打开发泡质地的盒子——枣很失望，此女同志并非送枣人想送的彼女同志，盒子没有如设想"啪"地一声显示了枣的不满。女同志不知道。眼前的枣们依旧红少绿多，1/5枣的把子处呈现酱红色腐烂样貌，这腐烂样貌阻挡了枣们前进的步伐。

自己吃，女同志叹气，不送人了。

女同志和家人一天一小盆洗洗吃，速度快过枣的腐败。只当补充维C。枣很快吃完了。

这盒冬枣的终点是女同志一家人的嘴巴。

第三辑 南泥湾的香菇面

>>>

查找收信人

"文革"进行到第九,要么第十个年头。

深秋,要么初冬,总之白天短,黑夜早早降临,天儿冷,地面铺白霜季节。

笔者插队村里来一个穿蓝棉大衣的男人。蓝棉大衣举着介绍信,说他是天津市公安局的,来外调,外调对象是笔者。

(笔者心头一紧。那时观念,被警察找,往小了说没好事,往大了说没好人。)

蓝棉大衣简单讲了讲情况。他们那地方抓住一个满世界寄信的人,信里有攻击当时中央领导的"反动"内容。那人被抓,很快交待寄信给张三、李四、王麻子多人。笔者就是王麻子。为了查证那人交待,蓝棉大衣要到张三李四王麻子处调查,查清收信人与写信人的关系,最好找到那封原信。

(笔者心头又是一紧。自打笔者大学毕业下乡成了名人,每天收信数封,大多是不认识的人写来。对惹"麻烦"的此人此信完全没有记忆,收没收到不记得,

>>>
作者重回北京大学宿舍 32 楼

信是否还在不记得,有种说不清自己好坏人的担忧。)

笔者当下能做的,先说自己不认识那人,再就全力以赴找信。

好在笔者有爱惜字纸习惯——太好的习惯——信被找了出来!

天津来的穿蓝棉大衣的警察叔叔很高兴,他千辛万苦走这一遭没白走。到了这时才想起问他怎样来的?

从天津坐火车到北京,再坐一天一夜火车到西安,再坐十来个小时汽车到延安,住下,赶第二天一早 6 点半的长途汽车,过三十里铺,翻蟠龙山,大约中午到南泥湾公社眼下叫乡镇,再走五里路才能爬上笔者所在三台庄大队的长坡。

笔者更高兴,从来信文字可看出写信人不认识笔者,信是乱投的——免去有口说不清的无妄之灾。

天津来的警察叔叔留下吃饭了，知青灶上吃的，显得不见外不生分。住哪儿不记得了，只记得睡前围着油灯一圈暖融融气氛。灯光照亮那张脸上善良、厚道、悲悯的表情，听日子过得乱七八糟前程未卜小知青问东问西……

第二天清早，蓝棉大衣踏一地白霜下坡走了，赶去另一地找另一个外调对象。之前他悄悄对笔者说，知道你没事的。这人还给"他"写信了，报出的名字如雷响亮，当年解甲归田回乡务农的甘祖昌将军（2013年全国道德模范表彰大会上，习近平主席特别接见了他的遗孀）。

笔者暖流涌身，极大宽慰。

望着渐行渐远的蓝棉大衣，笔者心说，谢谢警察叔叔。依他三十多快四十岁年龄，担得起笔者和小知青叫他叔叔。

那可是人性厮杀血肉横飞的年月，蓝棉大衣的善良、厚道、悲悯生长于"文革"之前的时代、社会和人心，黄天厚土长成的一棵树。树有根有枝有叶，风吹不倒，虫也难蛀。

树就是树，不似花里胡哨无土无肥的盆栽。

大声唱歌

来,糠换,擦擦鼻子,我把糠换的花猫脸略加拾掇,说,好,唱——

于是,那个未到入学年龄的男娃,娘老子下地干活无暇看管、跟着姐姐一道进了教室窑洞小名糠换的男娃,挺直甚至拔高身子站在后窑障的高台,挺直拔高了他的嗓子:

高楼万丈平地起,

声震窑顶,灰穗穗下坠。

满窑男娃女娃一齐挺直拔高嗓门:蟠龙卧虎高山顶,边区的太阳红又红……

插队那些年,我给小学校代过课——知青大多干过此类活,还有赤脚医生、记工员等略需文墨的活计,一孔窑洞装一至五年级学生,能共同上的课只有唱歌。文艺宣传队担任过独唱,唱歌,我强项。

男娃女娃大声歌唱,亮个哇哇好美嗓子,震得人耳膜痛胸腔子饱胀。多好,大声歌唱!娃们家的嗓音,还有目光如镲纯粹铿亮。

>>>
理想之歌的四位作者左上于卓、左下张祥茂、右上高红十、右下陶正

这些男娃女娃无师自通,唱歌要大声,哼哼唧唧那是蚊蝇吵不是人唱歌,人唱歌当然要人听见,要让满窑洞人听见,窑洞前老师听见;最好冲破窗户纸(窗户纸早破了,风吹,一里一外忽煽),给窑院里的鸡嘛猪嘛狗嘛听见,牛羊嘛已到地里山上吃草,听不见算述。

亮个哇哇歌声往高处飞,往黄天厚土远处飞,给庄稼地里扎根拔节扬花秀穗的五谷听,给蓝天上白云朵朵听,大树上喜鹊乌鸦听,越大声越好听。

高楼万丈平地起,蟠龙卧虎高山顶,边区的太阳红又红;

如此大气磅礴的歌,不大声唱天理不容。

大声为了唱歌,唱歌天经地义要大声。这些陕北娃娃们解不下(不懂)美声、民族、通俗的分类,他们的歌声大于等于所有。

肚里无食衣襟有洞，青筋直暴小脸通红，标志他们贫穷；一旦放声，他们放高声放大声，便是声音王国的富有者。由着性子唱，信着天游，不忌惮任何人，不取悦任何人。

为甚？大声歌唱，自己开心，娘老子开心，众人开心！咋？不成？

众多歌赛的歌者，站不直溜，飞眉抛眼，捏弄揉搓本还可以的嗓音，浓妆的脸上涂抹着假，眼里注满杂念。声音来自声带不来自心。去掉一个最高分，去掉一个最低分，一无所剩。

我想，应该让陕北的糠换们教教他们，不拿麦克风，唱歌要大声。

豁豁牙牙

又到贺卡满桌的季节。

每逢此时都提醒自己,用裁纸刀,用剪刀,像个办公室淑女把信封精心仔细剪开。

总是不能。

着急看贺卡什么样?写了什么祝福话?用手去撕去扯,于是信封变得豁豁牙牙。今年信封里有各式各样老鼠滚出来。疯疯颠颠,活泼可爱,动漫卡通;还有平时肉麻,此时耳顺的吉利祝福话,还有送卡人笔迹和指纹——读时喜不自禁心态那叫一俗,普天同庆的民俗通俗。

最喜欢公家印制、封口处用胶水粘住一揭可好好揭开那种信封,从建设节约型社会出发,一些豁豁牙牙不厉害的信封还可用来装东西。

记得插队时一年清明,乍暖还寒最难将息季节。多半那天轮到我做饭,我正在灶火边烧火,三台庄村一个猴(陕北方言意指小)女子在我身边扭着哼着,细听,五六岁猴女子说要"布袋袋"。我四下看看,没见什么布袋袋。

甚？要甚？我用陕北方言问她。

人家要布袋袋。猴女子指指灶火边待烧的信封。知青总有信件来往，看完不留派了引火。在她眼里，印着大好河山、火车飞机、李铁梅阿庆嫂的信封看上去很美，她管那叫布袋袋心向往之。

我把没烧的信封递给她。猴女子高兴太太——又一陕北方言，不是一个叫高兴的人的老婆妻子，而是非常、特别、相当高兴的意思。满腔感激无以言表，她居然摆了一个离经叛道的 pose，向我撅起她的小屁股。

看，猴女子说，看人家穿不露屁裆裤了！

我当时一定震撼太大，否则不会将这一场景牢记至今。三十几年过去，我早不记得那些信来自何方，谁人所写，写的又是什么，但我记得信封——布袋袋一定豁豁牙牙。

老婆,你会踢球么?

此处"老婆"非太太妻子之意,是陕北对已婚上年纪女性之称,同年龄段男性叫老汉。年轻未婚男女叫后生、女子,充满清纯古意。

踢球即踢足球,至今让国人莫明怨恨的那个圆乎乎玩艺。

提问者叫马小力,与笔者同在延河边李家湾插队知青。提问时间:20世纪70年代初,李家湾生产队一个石碾旁边。

知青做饭要从原粮开始鼓捣,簸箕笸箩盛上原生态糜谷,先上碾子碾一遭,碾碎簸净灰土,再决定是否去糠留米,要么连糠一起磨面。后者肯定难下咽,但肯定比净米量多顶饱。

这些活儿归轮值三天做饭的知青承担。那天轮到马小力当伙夫。他把糜谷倒在碾盘上(没错),推着碾杠转圈(没错,要是不头晕的话),然后拿簸箕盛上带土糜谷唰唰簸——如果没人看见也没大错。偏一位人唤来娃娘的老婆走过路过,见马小力连土带糜谷一并簸出地上，脚边招来几只鸡。

来娃娘不干了，虽说知青掉多少糜谷在地与她并无干系，她就是看不下去，就是心疼，老婆接过簸箕簸起来，边唰唰簸边数落马小力。来娃娘的数落，无非"囫囵囵颗子跌下一地，好你个马力日他的（后半句有点斥骂意味）……"

会不会簸，来娃娘的话可是听懂了。好你个马力眯眼想了想，说，说出标题上那句振聋发聩的话：老婆，你会踢球么？

笑倒一旁路过的笔者。

马小力是中学足球队的，盘球带球练出内八字脚。此技艺陕北农村派不上用场，他用扛麻包、举碌碡的蛮力把一村人镇服，很招村里后生喜欢。笔者猜，会有女子暗恋。村民问他为甚叫个"小力"，他眼一眯，坏笑着自谦自得，就是没有力气的意思。

那个时刻他问老婆那句话，无非回嘴老婆"你说我不会簸簸箕，你还不会踢足球呢"——心理上找齐。

四十年后料峭春天，京城西单一个以城命名的地方，插队同宣传队的朋友监制一部新片上映，借请大家看片之机聚会。看片前先吃饭，三文鱼意大利面、沙拉叫沙律，匹萨……又贵又不顶饱吃食装进肚里，开始聊认识插友的过去与现在。

提起他，笔者同队男知青马小力不久前——走了。

怎么的呢？

没人说得清楚，结果是肯定的：猝死，心脏毛病。

黄土飞扬的黄土高原，笔者同他插队三年，完整故事不多，难忘镜头有限，除了簸簸箕挨来娃娘数落，还有两个镜头清晰如昨。

插队第二年年底，招工后的知青小组只留笔者一个女知青，笔者坚持不去别队合并，声称"要合队让别队知青过来"。队最终合了，别队知青合过李家湾来。说合未合时，笔者成了李家湾小组唯一女子，格外受男知青照顾。只要笔者进灶房（男知青窑洞）吃饭，马小力在场，一准会踢那个不识趣的屁股，让给笔者腾座——全窑洞最豪华坐处，知青装行李的木箱。被踢屁股忙不迭挪移，笔者心安理得坐下。

再一次是进山砍柴，五六个女知青就跟马小力一个男的，被誉为党代表（芭蕾舞剧《红色娘子军》中洪常青）。笔者记得，马当时没入党，后来入没入不清楚。按党代表内里意思他可是做得超出了。他先担上自己的一担快步回村，放下，转身接女知青身上的担子。他仄着肩膀，斜插你扁担下边，一直腰，你的担子已在他肩上。做这一切是不讲话的，就这么一仄一插一起，而你能做的就是把自己让出来，躲开热腾腾人气与扑鼻汗味。想跟只有屁颠颠小跑。重肩比空身快，只有屁颠颠才能跟上。担子放下回头再来接，最先与最迟的担子都是他担的……

这就是马小力，眼睛超小，高度近视，一笑满透着坏，好抬杠。

笔者离村上大学第二年，村里知青上学的上学，招工的招工。小组没了,走光了,好你个马小力也走了,到华山脚下一个工厂当工人,同行队里一位很能干女知青,名字有个华。他俩好了……

别人眼里,至少在笔者一行人眼里,马小力人生像一面掉了瓷砖的墙,补不上了,缺七少八一路过来,有了结果,不该那么早落地的结果。

马小力爱吃豆制品,他听说陕北出黄豆遂报名插队。

可见少年对远地生活有多不了解,得蜕掉多少层皮,增长多少体力脑力,才能把生活之土一犁犁揭开,一眼眼看清,一脚脚踏实。

陕北的枣儿呵……

一

都说陕北出枣,插队才知道分地方。笔者先前插队的陕西省延长县黑家堡公社李家湾大队出枣,后去的延安市南泥湾公社三台庄却不见枣树。出枣的地方多半有河。李家湾挨着有名的延河,南泥湾有名却没挨着河。

李家湾有块河水旋出的滩地黑鸦鸦长大片枣树。不知谁人撒种、压条;也没见谁往酸枣葛针上嫁接枝子,仿佛天生就的,老天送给黄土地上的老汉老婆后生女子碎脑娃娃们垫饥解馋的。

枣树有着油亮抹了绿蜡似的椭圆形小叶,鹅黄仿佛一撞即碎的小花,都有那么点怕人瞅的害羞。待结了果,红了圈,的了嘟噜挂一树点红漆的大枣,就任谁瞅也不怕了。

笔者对枣树印象,除了犁地远绕它们——枣树根硬,易绊犁尖;就是满浴秋风秋阳打枣的欢乐,劳作劳苦劳累一年收获季大的欢乐。

全村人都在那里，鸡嘛狗；打枣拾枣的人都张着嘴，说嘛笑嘛吃。鲜枣很甜很脆，不等嚼烂咽下，吃吃就饱再吃就撑。打下枣就地撮堆挨家分配，知青是大户，算来算去分了几千斤呐是几千斤鲜枣！鲜枣装进粗布口袋羊毛口袋化肥口袋背回知青住的窑院。麻烦事才开头。

鲜枣要晾晒，放在搭盖石板的窑顶上晾晒，黑天要收回来（怕被第二天早上的露水打湿），下雨天更要收回来……知青一累二懒，要么不收，要么收了就不再往出晾晒。结果只有一个：霉沤。解决的办法其实有：吃，快吃。猪也时不时进仓窑嘴拱脚踏……吃的速度到底赶不上霉沤，等到天气收潮转凉，干燥的枣没剩多少，刚够探家往回捎的。

枣，原是登不得大雅之堂的贱物。谁听说国宴上水果有上枣的？可是在北方民间小吃里，枣却有着不可取代的地位：枣糕、枣粥、枣粽子、枣泥月饼……味正而声名持久。这两年实兴往馅里胡乱填塞，什么烤鸭什么榴莲，到底不睦滋味不佳。

二

写一封信投寄"枣园"，甭管从哪里发出，甭管祖国大地有多少生长枣树的园子；十之八九绿衣邮递员会卖力地开着车子或骑着车子，把它投向延安西北角那座园子。

园子里不光有枣树,还有梨树,其他结果不结果的树;一个叫毛泽东的人的窑洞前长的不是枣树,是一棵开紫花的丁香;大门口康生题字"延园"而非"枣园"。人们不管这,人们叫它"枣园"。还是那些树,还是那院落,原先的豪绅家无名,20世纪40年代开始有了。

有名不在枣——产生鲁迅名篇,"一棵是枣树,另一棵也是枣树"的园子不能叫"枣园"——出名在人,大时代的一群人在园里住过,做过一些与时代与人民有益的事情,枣园才有了不动声色、非俄(陕北话"我")莫属、一览众园小的气场,那气场叫历史文化底蕴。

其他苹果园、葡萄园、菜园……就是苹果园葡萄园菜园,没有历史没有文化,无法专有掠美。

后来,枣园曾经的住客走了;占领延安的胡宗南在枣园照了相走了;蒋介石1947年夏天来过枣园,在毛泽东等人的窑洞里转转看看(照没照相不知道),心绪复杂走了……又几十年过去,如今枣园成了红色之旅重要景点,人来人往人头攒动,红色之旅的脚印摞起来,怕不高过院里窑洞?

枣园,大俗大雅,大名胜。

三

陕北的枣儿拥有一种颜色,枣红色。此色不似皇家城墙有着鄙视万民的帝王气,也不似和田枣取悦口腹肉头头的肥红。贫与瘠地水果,色沉,皮皱,肉收紧。用它形容枣骝马让人心生好感,气质不俗。

古语:付之梨枣。无干果实,单指材质,关涉文化。古书雕版印刷梓木最佳,因此有"付梓"之说,后梓木渐稀缺,遂用梨枣木替代。

四

"陕北的枣儿呵"是一句诗前半句,加上后半句成了:"陕北的枣儿呵蜜一样甘甜"……诗,不是实,有着修饰与夸张。

此诗不光写陕北枣儿的甜蜜味觉,更是心情回忆。文学,不就是回忆和编创回忆么?!

黄澄澄的谷穗,为黄土高原代言

汾河流水哗啦啦,阳春三月开杏花,
待到五月杏儿熟,大麦小麦又扬花。
九月那个重阳你再来,黄澄澄的谷穗好像是狼尾巴……

电影《汾水长流》主题歌,乔羽作词,高如星作曲。五十岁以上人听过的这首歌朴实之极,有味道之极,眼下也稀罕之极。歌词改一字"汾"河改"延"河,其中景象完全适合笔者插队的陕北高原。陕北话,"杏"念 heng 带儿话才对。

谷子,五谷之一,古称粟。五谷到底哪五样?争论千百年的公案。常见说法是"稷黍稻麦豆",也有用"粟"替换"稻"。

"稷"有两解,可"黍",陕北叫"糜子",分软硬两种;硬糜子推米磨面做饭蒸窝窝;软糜子产量低、贵气,推米磨面后多做油糕油馍,氤氲半村子的油香宣告这家人家来客了,要么老人过寿娃们满月亲

>>>
作者回延安扭秧歌

人正团聚。有歌云,"热腾腾的油糕哎嘿哎嘿哟,摆上桌哎嘿哎嘿哟",听过吧?"稷"还有一解便是谷子,粟。

"稷"是古字,组成"社稷"成重词,延展成"江山社稷"就是宏大叙事了。

稷、粟、谷,有历史感的庄稼。沧海桑田应改为"沧海谷子地"。

锄谷子,下乡插队技术含量最高的活儿。陕北老乡称某人"会受苦",就说某人"会锄谷"。开春满山撒播的谷种出苗了,碎碎的,密密的,像毡。锄者需掮着锄把,点着锄尖,锄去多余,留下的苗花不楞楞花,像席。

一件有趣事。乡亲们管地里的庄稼苗叫"儿子",玉米儿子,高粱儿子,谷儿子,糜儿子;小家畜也唤儿子,猪儿子,鸡儿子,狗儿子——后者时常用来骂人。一天,刘老汉在路边锄地,锄把挂着下巴偷空歇息,见官路开过一辆带拖车的卡车,惊呼满含赞叹:看那卡车也带个价儿子——笔者方知,陕北老乡对所见不熟悉事物用拟人的伦理阶位排序。

往后,不施肥不浇水,谷子地里不再有其他活儿。谷子成熟后,连秆带叶带穗通体金黄,无论站着还是倒下,被风撩拨唰拉拉响唰拉拉响,颜色与动静像那条河那条犁开晋陕奔腾不息的大河。

歌中唱道"黄澄澄的谷穗好像狼尾巴",说明生长谷子的黄土高原有狼。笔者眼神不济,听到狼嚎看不见狼影。老乡手搭凉棚手指远方说,在这搭在那搭,山嵝崄处,塬转角处,老乡说有就有吧。没见过狼,自然没见过狼尾巴,谷穗成熟后穗头子下垂,越饱满越下垂,一副谦虚样貌,是向天大大地大大诸位先人报告收成的意思吧。

笔者插队那些年,谷子算细粮,先交公粮,就是土地税,再出售购粮,余下才轮到自家人吃。人吃靠天赐收成,赐饭吃饭,赐粥喝粥。

谷子推糠留米叫小米,起名道理简单:米很小。碾子上推谷子不困难,如果有不偷懒不偷嘴的驴的话。知青多半得不到此类明星驴,喂驴老汉不给。知青给牵来一松二奸的驴带眼罩带笼嘴紧吆喝慢抽打，最后仍免不了驴走多少圈人走多少圈的巨晕和巨困。比起簸糠出米，前边所说还不算难，说了，米细碎，糠粘连，不易簸净。陕北婆姨有绝招，右手中指带一枚做针线顶针，边簸边用顶针咔咔敲打簸箕帮咔咔敲打，屁股不由自主左右扭动，很有韵律哟。知青做此类活儿资浅生涩甘拜下风。

下乡最难受两件事，一饿二困。胃因没油水而多吃，因多吃而撑大。一顿饭咋吃也不饱，根本不想吃饱，一直吃一直吃，享受呵，仿佛一旦吃饱再没下顿。记得一年夏天上山割麦，怕渴，笔者生生喝了七碗米汤，直喝到齐嗓眼，一低头能淌出来。

小米养人，养女人。女知青下乡半年，个个面皮如鼓身材似瓜，老南瓜，男知青则不明显。陕北婆姨做月子指定喝小米粥，不是饭是粥，据说营养全在粥表面凝着的米油里。

谷米养人，谷秆喂牲口养牲口，前提要铡成寸段。谷秆脆硬，铡时需用全身加手腕的闪劲。老乡说，"糜草软，麦草滑，谷草好入没人铡"，就是这意思。谷秆还有另一作用。陕北殁了人，抬棺入墓穴后，需用谷秆封口，完成阴阳两界的分隔与屏闭。此时，纽扣眼系红布条的葬礼主持人高喊：嚎——，众哭。眼见墓穴封好墓堆隆起，再喊：不许嚎了嚎甚嚎！哭止。末了，主持老汉奉送经典语录：人吃黄土一辈子，黄土吃人就一口。

这就是谷子，黄澄澄像狼尾巴的谷子，平凡的谷子。把它抬举成政治历史专有名词"小米加步枪"是后来的事。进入新世纪，有学生问笔者"小米加步枪"是何意？笔者语塞。两个单词好懂，加一起意思有点复杂。说的是战争年代，革命队伍吃得差装备差。那会儿也不是只吃小米只扛步枪，应该有个目标在前方，目标已经抵达。否则"小米加步枪"有何意义？

突发奇想，用甚给黄土高原代言？

黄土高原有树，笔者插队的南泥湾梢沟里有树，不多，但有。白桦黑桦橡树山楂杜梨水丘，还有柳榆槐等大路树种。三五九旅大生产从延安出发，沿七里铺、十里铺、二十里铺、三十里铺走，翻蟠龙山，开进南泥湾，九十五里路走了六天也有说九天。没路，全靠战士用马刀开路，用得上披荆斩棘一词。开荒砍树就多了，砍倒后放火烧山，草木灰铺底种庄稼，头几年大丰收。后来呢？后来部队走了，开赴新区，解放全国。没人再想这些个事，小事；当年献身革命的队伍和支持革命的乡亲压根不晓得"生态"。知青下乡也不晓得，没钱买煤，把梢沟山上的树砍来当柴烧。对黄土高原植被做最后一道劫掠……

黄土高原苦焦，用树代言靡费铺张。否。

陕北有花，山丹丹花，苦菜花，马兰花。哪样花都格局仄窄，小家子气，悄悄赏看可以，代言，有点上不了台面。

还是小米——谷子代言比较稳妥。

希望看到这样的雕像立在高原，一双手，把黄澄澄像狼尾巴一样饱满的谷穗高举，高举过头。

南泥湾的香菇面(外一篇)

马年正月十五,笔者回延安过大年。一天忙完事情,电视台小伙子请我吃香菇面。他说这面属于大众快餐,一来省事,端上就吃;二来不贵,一碗面十五元,笔者欣然同意。

等面时,小伙子抢着从筷筒里捡筷子分发。问为甚?笑答,喜欢。分筷子能生女娃。不都想要男娃么?我弟兄两个,就想要女娃。自然接受并传递的民俗,令笔者感到温暖。

面上来了,人脑那么大一海碗,高高挑起的面条润泽筋道,做浇头的香菇肉头厚,几棵碧绿青菜好吃又养眼。连汤带面吃下去(一般人吃不完),脑顶到脚趾全是暖的。

小伙子说,香菇面最有名在南泥湾,那里种的香菇好。笔者心中又是一动。曾经在南泥湾插队三年多,印象南泥湾就是大生产的代名词,三五九旅、老镢头、开荒种地(南泥湾还种稻子)、自力更生等硬梆梆语系,何年有了香菇面,成了闻名延安的品牌,竟然一无所知。可见个人渺小，经疏纬稀的见识覆盖不了三十多年的发展变化，和三十年后的日月光景。三十多个春夏秋冬季节流转，理应有新鲜事物出现生长，不说替代，至少补充丰富南泥湾的整体印象。

这下好了，有了香菇面，介绍南泥湾，不光有刚性的大生产，还有柔性的香菇面，前者历史，后者当下，前者入脑，后者饱肚，互补着真实，编织着完美。

香菇面吃完，笔者喝了三碗面汤，理由，好喝太太——陕北话：非常好喝的意思。

保暖内衣

安塞的腰鼓有名,有名到安塞城中高高山上,修了一座大红腰鼓,有名到新中国六十年大庆游行队伍中有一支安塞腰鼓方阵。马年元宵节,安塞社火就在巨大腰鼓的注视下进行。自然是绚丽红火无与伦比。笔者借用两把红扇,跟在街道办队伍之后,文化系统队伍之前锵锵齐锵齐扭起来。

扭之前笔者捏捏一位红袄绿裤婆姨的胳膊,分明不厚,问她,冷了不?婆姨笑答,不冷,我穿保暖内衣。一句"保暖内衣"几乎让笔者泪奔。

想起插队那些年,过年村里也扭秧歌,也有锵锵齐锵齐的锣鼓声。扭的人大半穿空心棉袄,棉袄被汗腌土沤了一年,早不暖和,因为伙食差,粮少无油水,扭两圈肚子就空了,腿脚就软了,队伍也就散乱了……保暖内衣,听也没听说,解(念 hɑi)也解不下(陕北话不懂意思)。

眼下安塞过大年闹社火,满城桃红柳绿,怎样鲜艳怎样扮。女子风摆杨柳招风引蝶,后生飞天扑地耀

>>>
北京大学湖与塔

武扬威。为了身段好看,他们穿保暖内衣;为了脚步灵活,他们穿品牌鞋;为了精神头十足,他们肚里有扛硬饭食打底。

笔者感慨,陕北的日子,过去一穷二白乡亲们的日子的确过好了,也过美了。

第四辑　伊水汤汤

>>>

碑林的碑

有碑。年头多了碑多了,集在一起,有了碑林。

碑林在西安,属国家一级博物馆,全国首批重点文物保护单位,碑林中所收文物质量和数量担得起"石刻艺术宝库"和"书法艺术殿堂"。

碑林的碑,无动无声,因集中众多而难以遍看,不入绝大多数人眼。游客匆匆走过,头都懒得扭。

碑石冷硬,因为材质;碑身旧黯,因为岁月;当初,很久很久以前的当初,碑也是新新鲜鲜的,从大山深处剥离,母体同质的粉末窸窣飘落,铁定的遗传基因剜凿不改。一块石头是生涩胆怯的,但取用它的人是寄予厚望、浮想联翩、灵动飞扬的,想把这一切赋予给石头,使它具有独一无二的身姿和品质,成为一段感情、某件事情的载体。

比起竹帛纸张,碑更多传下去功能。

至于集中一地,举办书法大赛诗歌大赛,是后来做碑林人的想法,应该不是单个碑主的本意。

偌大碑林展区,人气最旺在做拓片的展室。

停下来看，十分奇妙有趣。拓碑人用白纸平整蒙上碑面，仔细不留折皱。碑面顿时变得混沌。拓碑人把蘸匀墨汁的拓饼落在洁白的纸面，踏踏踏，一下又一下，纸面由白变黑，黑中又显白，黑处是碑石，白处是碑石上刻的字，阴字，因下凹、不着墨显露出来。一张白纸被拓成黑纸，一首文人诗词字句齐全。拓碑人两手抵住白纸（已成黑纸）两上角，力气均匀揭下，一张拓片就完成了。

纸页干了，可卷好带走，也可留待精加工装裱美化。

取一张数张带走的人做一件流转，广布——诗作、书法、名人，也能叫传承的事情么?!

拓，就是不断遮没和显现过程。

又有趣处。刻碑，明明从去掉什么，减少什么（无论阴刻阳刻）开始，结果却是多了什么：笔画、文字、书法、文章、情感、历史……

1978年笔者在延安当知青时，还简单拟过一个碑文。

那是在枣园旁边修河，给西川河修一道七公里的拦洪堤坝。笔者是南泥湾施工营记工员、报道员和卫生员。完工后各施工营要在河堤责任段立碑，笔者拟的碑文是"南泥湾公社，835米——890米，1978年9月完工"。笔者把字写在二尺见方的料石上。老石匠问清楚阴字阳字，开始叮叮雕凿。

字不多，很快完工。凿去部分被涂上红漆，早有人铲来一锨泥灰,把石碑安稳放好。

那应该是人民公社体制下全延安最后一个大水利工程。当年底就开十一届三中全会了。

笔者离开延安后几次返回,想看却最终没去看那块碑。

如此说来,一个大的碑林与国土等高等阔。

不　留

退休后收拾东西才发觉,那么多占天霸地的物件成了累赘——一拍即起群魔乱舞的三千丈红尘,丢也不是留也不是的大筐鸡肋……

电脑普及前的大捆信件,当年葆有写信者的手温和读信者的眼温;年年岁末的贺卡,留时肯定很用心很动情。总以为会依此记住什么写点什么,时过境迁,连写信者是谁也记不起。开始拾掇还想去粗取精披沙留金,至少把名字和内容撕碎再丢,谁知根本没时间细看,末了手撕酸了心也烦累,索性整捆丢进垃圾筒。

丢得最多最不犹豫的是名片,寻常日子随清随丢,此时清更彻底,丢得更坚决。

登载作品的旧报刊,当初多么费劲去找,找到多么高兴,因为印出来自己的名字,因为小小不然的稿费。收进书里的不必再留,存进电脑的也不再留。当初的虚荣喜悦如报刊纸页发黄变脆,留?留给后人还是他人,好像不相干全不相干。

莫非什么都不留?

小学的成绩单，中学教师红批的作文和手绘的全国地图，大串连从毛主席故居清水塘小树上采摘的树叶，大学食堂的饭票——以为大学有名饭票也有名，今日再看只有油渍之名。

还是留？

或许留给下次收拾时再丢。

留下穿过的手工鞋垫，叠映做针线女子鲜活面容；

留下褪色的纯棉褂褂，显现送褂褂后生远去的脚踪；

曾有陕北婆姨做的鞋，早穿烂了丢了；

陕北小学生送的本本，写字的扉页留下白瓤丢了；

这世上果真有足够大的包袱皮兜起所有旧物和记忆，也没有足够强的体力脑力背负前行。人生的徘徘徊徊，脚印的复复沓沓，丢时心情纠结复杂，最好连复杂心情也不留统统丢干净。

想想看，一次次保留是以为往前走会回头再看，谁知道回头看根本不在今生计划中；总以为后来会有大段回忆，像电影蒙太奇镜头要有一些东西填充；

结果没有。

所以不留。

春在风中

笔者对四季的表述：冬在雪中，春在风中，夏在雨中，秋在金灿灿的阳光中。

人们感觉，一夜过后或者白天某个瞬间，空中流动的气息突然改性儿，不再刺骨冰肤，变得温和可亲近，兵器改礼器甚至乐器啦，幽幽笛声由远及近宣告春天——他来啦。

三月召开的两会新闻稿不少人如此开头"春风拂面，红旗招展，代表们走上人民大会堂三十九级台阶，在即将召开的代表大会上履行人民赋予的神圣职责"。笔者从业媒体同仁楼道里碰见上会记者，好心问，"又拂面去啦？"

春风了得！

河冰化水，风掀动的；涟漪泛滥，风拨弄的；水腥气扑鼻，风四面八方传布的；要不怎么叫通风报信。之后的草绿花开，统统风中设计安排。

腿脚勤谨心性活泼的人们怕把那风浪费，有了圆转风车和高飞风筝。

伟人诗人都忙着写诗："春风杨柳万千条，六亿神州尽舜尧"——宏大叙事篇，"不知细叶谁裁出，二月春风似剪刀"——精致巧思篇。还有百姓"风吹杨柳唰啦啦啦啦"公园里自娱自乐秧歌步，和小资们"好像花儿开在春风里"的歌声……透着压抑不住的春风般喜悦。

也有喜欢大发了，把沙尘扬起，再大发就成"沙尘呵暴"。

老舍先生说过，北京的春天短如脖子，季节的微脖，一头搭在冬季，一头已入夏。春天的节气都含着不凡：惊蛰的一惊一乍，清明的安稳平顺，到了有花香茶香的谷雨，已命定的踏实。

嘚 瑟

"嘚瑟"属于北方偏北语系,出处可能是东三省,能意会却很难原样传达的一个动词。

依笔者理解,"嘚瑟"是"抖擞"一词的跑偏。"抖擞"黄钟大吕一些,正襟危坐一些;"嘚瑟"则摇头晃脑一些,臭美臭显摆一些,洋洋得意一些。

笔者听讲这词在公交车上,一女孩配着以上表情用新买的手机对女友说出几天来的经历,天下大雪,被冻在动车上一整夜(遭难事说得又爽又酷),吃不上喝不上那叫一冷;报出正用手机牌子型号,新买的五千多,对方一定惊呼贵,她大声飞快接上"嘚瑟",一派意气风发自我批评式的自我表扬。

如果"抖擞"可谓"满园春色关不住"的"满园春色","嘚瑟"就是"一枝红杏出墙来"的"一枝红杏",那是青春汁水饱满欲滴的心态。笔者一代很少经历。一来那个年代几乎没有大于高于使用价值的物质可供"嘚瑟",花糖纸、假领子、稀罕的课外读物能算么?二来时代氛围也不许可张扬浪费。几十年过去,有了可供"嘚瑟"的经济实力,早就弱化淡化了"嘚瑟"心情,对那女孩的嬉笑怒骂是又羡又妒。

她接着往下说,"你遇上倒霉事啦?快说说,我可爱听你倒霉了!"与"嘚瑟"无缝匹配的语境。

如此表述无疑为收获周围眼光和耳"光",眼光耳"光"是青春脸蛋的护肤品和好心情的营养液。

野火不尽、春风催生的"嘚瑟"欲望与行动肯定能拉动内需。多少产品是冲着"嘚瑟"来的,或者干脆为"嘚瑟"设计,手表、挎包、首饰、化妆品、美甲、美瞳……林林总总无"用"东东因"嘚瑟"大放异彩。

内需由此拉动,市场由此风生水起极大繁荣。

向"嘚瑟"致意!

逛公园

逛——公园：最佳动宾搭配。

虽说"奋斗公园"不能算错，的确可在公园里看书，背外语，准备应对各级各部门考试；

当然"拼搏公园"也凑合，每天不少人在公园里卖力锻炼，跑跳叫外加游泳……

只是以上搭配均不如"逛"字准确传神，传达了休闲与自由的公园精神——如果公园真有精神。

公园，顾名思义"公众的园子"，昭示了"入园客人皆平等"之原则。

游客可以在园子里倒走，要么头朝下倒着走；大声唱戏唱流行歌曲唱自编小曲，都属稀松平常；长条椅子上坐一天发呆，看草绿花开，柳条儿倒映水面，看扭秧歌妇女甲扭得好（叫声好），妇女乙一顺边老踩自己的脚（站出来点评），也基本没什么人干涉。

逛公园，不必留神建筑工地高空坠物，不必躲闪无良司机横冲直撞，放眼当下都市，这是件多难得的事儿呵？除了家里——家里哪有如此敞阔，只有公园，只剩下公园能给你这份宽松与自由。

逛是过程，也是目的。

谁说不是目的？逛去，逛着，逛过了，回家该吃吃，该睡睡，比没逛前香甜，往下该干嘛干嘛。

公园是人生档案的文件夹，童年学步，青年恋爱，中年工作顺与不顺，失去亲人的忧伤……公园为你默默录音录像默默保存。

公园用风景标示客人的人生刻度。年轻时能在八一湖里游多少来回，走路走到看樱花的小桥上才折返，父亲开头还能走，后来坐在轮椅上"走"到郁金香花圃，后来轮椅也坐不上了，生命活力就这样一尺一寸流失，一手一足撂下，撂在绿草如茵、杂花满枝、秋叶枯黄、银杏变金、薄雪覆盖、水面结冰，时间的四季搭配人生的四季有背景的彩色照片。看老照片多室内照黑白照。

刚开始有彩色照片时，去公园照相是件大事，要带好几件颜色鲜艳的衣服换着穿，换着照，心底想着莫负满园风光，那叫一无师自通"天人合一"。

国土果真有五色

说中山公园是京城最中心公园,当无人反对。虽说天安门东还有劳动人民文化宫,可无论名称还是定位,似乎与公园不太搭调。

中山公园是我少年学习作文的目的地,一来近,步行,要么四分钱车票就可抵达;二来门票便宜,几十年经济发达,不少公园门票水涨船高,这里却从未让人有不快记忆;三来它小,半天走遍可获总体感觉;四来细节丰富精美,像唐花坞、水榭、来今雨轩——这几个字还是从园里认得;古松、绿竹、四季杂花让我写作文没少抢好词——姹紫嫣红、招蜂引蝶什么的……几座红墙配黄琉璃瓦蓝琉璃瓦顶建筑,体量不大,无需仰视,感觉亲近。有趣的是古色园内还有一座现代化音乐堂,敢说五六十年代出生的北京人都在堂里听过音乐看过演出,尤其夏天,凉爽的夜风从四面(或是八面)吹进来,按现在话说"超级低碳环保"。

音乐堂旁边是五色土,公园最有历史文化地方。

小时候见识有限，只觉得皇帝把国土胡乱分为黄白青红黑五色，以示天下之大，甭管什么色儿的土地都归他家。

那时存疑：真有五色国土么？

年龄渐长，走动渐频，眼界渐开阔。去陕北高原插队七年，看到让人心焦的黄土地，成千上万同龄人去了北大荒黑土地、云贵高原红土地，之后当记者又去了河西走廊的戈壁与沙漠……不觉间，由此出发，几十年走遍五色国土。

这个秋天，又一次走进中山公园，收获一份难得的安静。一墙之外，人声鼎沸，里边滤去红尘，游人稀疏得恰到好处。串红与菊花静静地开，银杏叶静静地由绿变黄，翠竹静静地拔出骨节，古松静静地积攒年轮，水榭有水唐花坞无花，人与景互不侵扰相得益彰。

又到五色土，好好看了介绍文字：此社稷坛建于明永乐十八年（1420年），依周礼左祖（太庙）右社建立的国家祭坛，社为土神，稷为谷神。按东青、南红、西白、北黑、中黄铺设五色坛土，象征"普天之下，莫非王土"，中央立社主石，上锐下方，表示江山永固。明清两朝皇帝每年二八月在此祭祀，祈求五谷丰登，国泰民安。

再读此文，心中有尘埃落定后的人生安逸与自足<u>丝丝</u>渗出。

一切因了很棒的秋阳！

瑞金的井　长汀的江

提起瑞金，人们首先想到小学课本中那口井，毛主席当年挖的井，为解决百姓（很大成分为中华苏维埃共和国各部门工作人员）的吃水、濯洗与灌溉。课本上说，当地百姓感戴赞誉"吃水不忘挖井人，时刻想念毛主席"。这些个话写进新中国的小学课本，随着朗朗读书声，烙进一代代人剜不去的青春记忆。

这个春天笔者到瑞金，红色之旅第一个节目是看那口井，井被称为"红井"，井边有取水的桶与瓢，供游客舀水品尝。

叹为观止的是，离井不远的水塘周围设立众多纪念铭碑，各部门各省市各名目的教育基地，不知算否中国之最。

挖井，如同修路、造桥，都是有能力之人为百姓谋福祉由古及今通用的善举。瑞金的井，其实更多年轻的共产党、年轻的共产党领导者、年轻的苏维埃政权"为人民解放，为百姓造福"宗旨的象征。

有红井的沙洲坝是中华苏维埃共和国第二次代表

大会所在地,第一次代表大会驻地在瑞金叶坪。叶坪如今看上去很好了,好到难以想象当初的艰苦与危险。中华苏维埃共和国各机构设在一个叫红军广场的阔大平地,房子据说是钱壮飞设计的,绿草如茵,古树如盖。解放后特别近年,新中国各大机关,都来叶坪溯源,修缮旧址。比如当年毛泽民任行长的国家银行属现在银行系统的爱国主义教育基地,而国家政治保卫局旧址高挂公安部领导的题字,足见这些部门认同的前世与今生。

据介绍,由于叶坪苏维埃机关过于集中和显眼,挨过国民党飞机轰炸,后迁至沙洲坝红井处,除代表大会礼堂,其余机关皆分散乡下。

作为按前苏联模式发动的苏维埃革命,和在莫斯科指导下的中华苏维埃共和国注定短命。瑞金作为中央苏区的首都,曾改名"瑞京"。1931年11月7日成立,到1934年10月18日八万红军和苏区工作人员开始长征,瑞金仅"红"了1 075天。

瑞金和长汀地界挨着,行政区划却分属赣闽两省。提起长汀,笔者会想到毛泽东的诗句:红旗跃过汀江,直下龙岩上杭,收拾金瓯一片,分田分地真忙。长汀因穿城而过的汀江命名。

笔者记得长汀,缘于中国革命史一位重要领导人:瞿秋白。生于1899年的瞿秋白,参加过五四运动和共产党早期革命活动,当过记者去过苏俄,1922年2月在莫斯科加入中国共产党,主编过中国共产党创办的第一张日报《热血日报》，把被陈独秀等人拒绝发表的毛泽东的《湖南农民运动考察报告》发表，并为之写序。瞿秋白与鲁迅等人关系甚好，可谓共产党中资深文化人，又可谓文化人中大牌的共产党；大革命失败后，在汉口主持召开临时中央紧急会议，接任陈独秀主持中央工作，成为党的主要领导人之一。1931年在中共六届四中全会上，被解除中央领导职务，开除出中央政治局。1934年2月到瑞金，任中华苏维埃共和国中央政府人民教育委员，兼任苏维埃大学校长。同年10月中央红军主力长征后，瞿秋白留在南方，任中央分局宣传部长。

1935年2月，瞿秋白在向闽西突围的途中被俘。起初，他自称医生，后因叛徒出卖暴露身份。当年6月18日清晨，福建长汀罗汉岭下白露苍茫。36岁的瞿秋白走到一处绿草坪盘腿坐下，向刽子手微笑说"此地甚好"，尔后唱着自己于1923年翻译成中文的《国际歌》从容就义。

瞿秋白留给世间最后的影像，是就义前在中山公园中山亭前站立，他身着黑衣白裤、神态安然。

笔者已不记得瞿秋白被曾经的党内路线斗争判定左还是右，却记得他的《多余的话》，从未见哪位共产党高官用至性至情的文字披肝沥胆自我解剖。他说自己十年来像"一只羸弱的马拖着几千斤的辎重车，走上了险峻的山坡，一步步地往上爬"……总在做文人还是做职业革命者的选择中纠结，写出了相当一部分早期参加革命的知识分子心路历程。笔者以为瞿秋白们是有激情、浪漫,有大抱负的一代中国精英。

现实不然。没有浪漫、激情,有抱负也与瞿秋白们截然不同。

笔者走到坚持要看的瞿秋白就义地大失所望。没有春之绿草,也没有迎风摇曳秋之白华,纪念碑周遭是水泥硬地、水泥高楼,市声喧嚣车水马龙的街道。设想瞿秋白烈士会起身说,此处不好,太吵……

眼下长汀向旅游者重点推介客家文化,说汀江是客家的母亲河,说客家人中有多少历史文化名人,有多少位高权重者,令笔者不想看也记不住。

难怪,多么深邃清亮的井,多么波涛汹涌的江河都要从现实的土地上穿越流过。

太行山的碑

太行山有许多碑,石头材地,坚硬、粗犷。有战斗战役纪念碑,高耸蓝天;有镌刻烈士名录的碑,安卧大地,还有旧碑新刻,新刻石面也已被岁月风化,字迹漫漶不清。

石碑的表情沉重、肃穆、还有忧伤,巨大的忧伤,如同笔者在山西武乡王家峪八路军司令部墙上看到的朱老总、彭德怀元帅、左权副参谋长黑白照片上的表情,沉重、肃穆、忧伤。忧国家沦丧,忧民族危亡。

那些数不清的石碑与太行山的苍松、翠柏、流云、雾岚为伴,记录、倾诉、证明着历史……厮杀声枪炮声渐行渐远,浸透土地的鲜血被春风秋雨冲刷愈褪愈淡,毕竟60年了。

红日照遍了东方,自由之神在纵情歌唱……

笔者为这几个字激动,"自由之神"——没错,就是这四个极为浪漫和洋化的字眼,当年一遍遍唱响在中国腹地的大山名山,它提示后人历史蕴含着多种信息,可能至今未能全部读懂。

八年抗战，八路军领导人是中共极为优秀的一支代表，他们的名字至今听来如黄钟大吕，铿锵有声。在兵刃血火的太行，在民族危亡的时刻，他们做好牺牲准备，言行一致，剑及履及。八年抗战，八路军共牺牲官兵60万，其中太行根据地107 200人。上至副总参谋长左权，那天是1942年5月25日，左权将军被日本鬼子的弹片击中头部，牺牲时年仅37岁；下至18岁的司号员崔振芳，那是1941年10月，八天八夜的黎县黄崖洞保卫战，小崔一人扼守瓮格廊隘口数日，投出两桶马尾弹，炸死敌人数十名，最后壮烈牺牲。

愿拼热血卫吾华，留得清漳吐血花。（朱德诗）

在根据地精兵简政、勤俭节约的运动中，部队提出的节约口号不吝其细令后生如笔者感到吃惊，比如：白天多做事，晚上少点灯；便条不用白纸，手纸不用净纸，印刷品少留白边；一个信封用四次，一张信纸用两次，旧笔换新笔等。总部直属队及边区政府7个月节省粮食4.9万石，经费420万元，全部移作减免太行人民负担。

共产党，人民军队为人民，实实在在。因为这一切，才有另一座碑伫立人间。人眼是镜，人心是秤，人口是碑。

笔者七月到太行，在砖壁村左权将军旧居前，听到70多岁的两兄弟，当年的儿童团员唱的怀念左权的歌，唱者恭身站立，表情肃然，一句一段，一共唱了四段。囿于口音，歌词不大听得清，但那意思是明白的，心情是透彻的。

歌声是碑，人心是碑，世世代代，与太行山等高等阔。

绍兴的鲁迅

2010年立冬后,笔者有幸到浙江绍兴参加第五届鲁迅文学奖颁奖。

走红毯,鸣鼓乐,鲜花掌声,歌舞升平;主持人或饶舌或不知所云。因了鲁迅,因了文学和其他一些什么,绍兴毕竟热闹几日。

之后走在夜的街上,看到鲁迅路上的鲁迅语录柱忽然有了本文的题目:绍兴的鲁迅。反过来讲"鲁迅的绍兴"可以么?不可以,大不可以。

有着2 500年历史的绍兴,名人除了鲁迅,还有同代的蔡元培、秋瑾,明代的徐渭、东晋的王羲之、更早的大禹,许许多多闰土孔乙己的同代与后人,当然没谁比鲁迅与绍兴粘连紧密了。

一个叫柯岩的园子里,再造了一个鲁镇,阿Q、祥林嫂满街走,戏台上"天上掉下个林妹妹"的越剧唱腔实在优美实在好听被大声放送,用脚划船的船夫头上戴着毡帽,店里有茴香豆、黄酒和油炸臭豆腐卖……

早些年,先生故居的文学细节没被放大,街道不如眼下干净,臭豆腐味道浓烈生猛,价钱却低。

绍兴的鲁迅在世不会走红地毯,想也没想过;但先生会许可持笔为文认真写作的后人走一走吧?!

转天黄昏在街上闲逛,看见台门——非宅门、石库门,绍兴特有的民居;水边有妇女捣衣;更多韩版小女生,身子扭成几道弯(不似细脚伶仃圆规般的她的前辈),站在打折的门店外,高一声低一声"欢迎光临";

绍兴的鲁迅乐见家乡的日子富足安稳,其中三几成来自他的名望;对熙熙攘攘八方来客先生会道声"欢迎光临"?

先生的文字一是利,除了投枪匕首的锋利,还有指哪打哪说甚是甚的好使便利,二是郁,三是苍,如此文字构成的语境,多少代,多少人,想学,学不来。

鲁迅生前一定有除"横眉冷对"之外的人生态度与温度。他发愿"自己背着因袭的重担,肩住了黑暗的闸门,放他们到宽阔光明的地方去,此后幸福的度日,合理的做人"。

眼下就是先生说的"此后"。先生会点支烟,看过眼的一切,在天堂的水边……周家台门屋檐下燕子乱飞,百草园里秋虫自鸣,叫两声,停一歇,又三声,星光样短短长长,点点,星星。

最后一片落叶

那片叶子咋还没落?

在北方冬季小雪过大雪未到的时日,在楼与楼之间的大叶杨树高处却不是最高处的主枝上,全树仅剩一片叶子,整片树林也仅剩一片。叶片黄透干透,大部分姿势是被细韧的叶茎拽着,叶片朝下。除非来一阵风,一阵大风,它才伸展开巴掌一样的叶片,在那么高的地方频频地欢天喜地招手。

一只心直口快的喜鹊飞过头顶。

那片叶子咋还没落?

探询已谢的花和新起的楼么?校阅忙碌的车流与人流么?这些都跟它无甚关系,它是贪看被风吹得碧蓝如洗的天空呢,它在远眺辽阔肃杀的大地呢,它感谢面前的一切。吸吮了春天的雨水露水,也听见了夏蝉在耳边唠叨,当秋风连着冬天的风狠命刮过,它却成了全树全树林幸运的唯一。如果不是最后一片叶子,也不会引人注意,如同人。这个世上绝大多数人都是同起同息,按规矩办事。而它一辈子也如此,唯独迟落的这几天,它特立独行,成了高蹈于鸡群的白鹤,它好开心!它看到更多,也被更多看到,有了与众不同的一个区间和一种质地。

当然它会落的,风的呼啸再大声些,气温再降低些,它会飘然而落,如同它的姐妹兄弟,只是它要尽量落得好看些,翩翩跹跹些。为此生做一次美丽的谢幕。

它知道不落怎会有来生,怎会在来年春天重返枝头?

读节气

节气有甚好读……

春夏秋冬四个立,春秋两分,夏冬两至,再就是暑相连,小大雪,小大寒。拢共二十四节气,一看便知出自农民之眼、之心、之口。

想象很久很久以前,很多不同地域有农耕阅历中年以上农民,做着大致相仿事情,吆牛转身之空闲,剔去锄头粘土之时刻,手托稻穗掂出轻重,耳听雪被下麦苗嗞嗞儿饮雪判断丰欠……思忖、琢磨、总结、提升。他们一次次低头揣摸土地冷暖,一次次抬头用手指比划月亮圆缺。改变一定会有的,谁知改了多少遍?谁知有没有过一个节气 13 天或者 25 天的设想?保不齐推倒重新来过,终于——定下一个节气 15 天,用闰月处理不好安放的日子,充分显示中国老祖宗的思维方式,不苛求不较真儿,大概齐,大概——也就齐了。

笔者最喜两个节气:惊蛰,惊天扰地鸟飞虫蹦地闹热,显示起名者被惊后的喜悦,后人细细听认真听,能听到老先人惊呼,"哎呀妈呀!它们都出来了!"处暑,君临天下指挥若定的威仪,铺排秋之丰沛与细腻。白露、寒露,露是白的露是寒的露辗碎成霜。露与霜是完全不同状态,一路不同到雪。听那"雪"字发音,一抑一扬,深沉而确定地欣赏。

冬天人比较懒惰、迟慢。天儿冷,恋热炕不喜出门,出门也捂盖严实,揣着手,所以对冷暖变化不那么敏感。一个冬天六节气"冬雪寒"三字带过,其余净是些"大大小小"衬字,如同歌词中的"依尔哟呀尔哟",了无创意。

可以理解,毕竟丰年也罢灾年也好,已成定局。不用再变着法子哄天爷地爷开心,想法子缛顺各路神仙难伺候的脾气,只需按节气走罢,排着队走吧——冬雪雪冬小大寒喽!

其实,人家早有安排,有另外的春晚节目单。锵锵齐锵齐——锣鼓点从冬至就开始敲了,敲过腊八,敲过小年,敲过除夕,然后把幸福尽可能铺张铺排甚至夸张作秀地过年,过大年。

二十四节气,一趟周而复始的环线公交车,年年岁岁车相似,岁岁年年乘车人不同,心劲愿景也不同。公交车不扬鞭不加油走了上千年,重复上千年,没有不妥,不适,不美。

民间有了好听的农谚与诗歌:下雪了!宏观——瑞雪兆丰年;微观——黑狗身上白,白狗身上肿;细致的——夜深知雪重,时闻折枝声;夸张的——燕山雪花大如席。关于清明，农民喝令——清明前后，种瓜点豆；文人跟帖——清明时节雨纷纷，路上行人欲断魂……既告诉你"八月十五月儿明"，又提醒你"八月十五云遮月"，让你对即将到来之景色有所期待有所预判，二者相抵达到平和。

唯有新闻扫人兴。嘟嘟囔囔什么"道路湿滑，航班晚点"，什么"高价墓地，禁烧山火"，半毛钱诗意也没有。

笔者琢磨，古人先有"季"的概念，还是先有"节"？大约先有季，好比看到一株完整长竹，再做竹节般的破分。

再来说说人们应季做的一件事情，非生产属于生活类事情：阳光下的晾晒。晒冬衣晒被褥，一件件铺开，拍打，又一层层收叠。细心主妇能闻出暮春与早夏阳光味道深浅浓淡之不同。又据笔者北大袁行霈师讲课提及，故宫也喜在阳光适宜的季节，晾晒古代书画。晒书画与晒鞋袜虽有雅俗之分，可晒画人的脚放进干爽的鞋袜里才会气定神闲。

二十四节气，中国农耕文明一脉经络，中国传统文化一朵奇葩。

节气好读。

诗意星空

据报载,8月6日,绕太阳运行,轨道位于火星和木星之间的7颗小行星,正式以美国"哥伦比亚"号航天飞机遇难的宇航员的名字命名。消息说,今年2月1日,"哥伦比亚"号在返航途中解体坠毁,美国宇航员赫斯本德、马库、安德森、布朗、乔娜、克拉克,以及以色列人拉蒙不幸遇难。之后,美国宇航局下属的喷气推进实验室向国际天文学联合会提议,用宇航员们的名字命名小行星。

据科学家估计,太阳系可能有小行星数百万颗,自1801年人类发现第一颗小行星以来,人们观测到的小行星已经超过10万颗。被命名的7颗小行星直径约在5公里至7公里之间。

这是一条令人鼻酸却富有诗意的消息。

天有多高?除去科学家的精准计算,航天飞机实地丈量,其实从地到天的距离刚好够现实升华为诗意。

笔者惊讶这条消息蕴含东西方文化之共通。中国传统文化早有"地上一个人,天上一颗星;人殁了,

>>>

摩洛哥的清真寺

星落了"之星宿说，而西方文化的星相更是一门显学。人同此心，心同此理。

命名，彰显了追思之外更大的决心。几乎没有人担心，人类会因此放慢或停止太空探索的脚步。何况航天飞机的命名就已命中注定。

哥伦比亚，取名自五个多世纪前西班牙大航海家哥伦布。按官方说法，哥伦布为了赏识他的西班牙女王寻觅更丰饶的财富和更辽阔的海外疆土而屡屡出海。笔者私底下以为，他一定对烟波浩淼的海洋痴迷和对大海的边涯好奇，并把这痴迷和好奇付诸四次扬帆远航了不起的行动。

哥伦布成功了。

1506年5月,哥伦布去世。之后人类的怀念与命名同步。大约那时的想象力还没到拔腿上天的程度,命名全部在地上:

在美国,以哥伦布命名的城市至少有5座;

北美大陆,以哥伦布命名的山川、河流、高原有一二十处;

1819年,南美洲更有了以哥伦布命名的国家:哥伦比亚共和国。

何谓不朽?此乃也。

一位哲人说过:地球上最辽阔的自然是海洋,比海洋辽阔的是天空,比天空辽阔的是人的心灵。辽阔无涯的人心中由好奇点燃的探索与发现从未止息。终于,西班牙大航海家哥伦布的名字被涂抹上航天飞机,人类在五洋捉鳖后,开始了九天揽月的进程。

这是一次与灾变牺牲作伴的漫长进程。相信赫斯本德、马库们在微笑升空之前,一定做好将生命的碎片播撒太空的准备。因此人们在得知空难噩耗时,悲恸、惋惜,却不遗憾——这是布朗、乔娜、克拉克们心甘情愿、义无返顾的选择,诗意的选择。相比正常服役,退休终老的宇航员,他们的生命价值通过瞬间辉煌获得永恒。想想看,七个人的名字张榜太空,高悬宇宙,与百万兄弟姐妹为伍,寂寞而喧哗着,孤独而幸福着,还不够诗意盎然么……

据喷气推进实验室近地小行星监测计划首席科学家说,小行星已有几十亿年的历史,而且还将继续存在几十亿年,他希望千百年后人们在仰望太空时,找到这7个天上哨兵,记得"哥伦比亚"号宇航员所作的牺牲。

8月6日两天之前,是中国阴历的七月初七,记载着又一个天上人间与星星有关的故事,牛郎织女每年逢此日,踏上喜鹊搭起的长桥相会。有意思的是,一个天河永隔的悲剧故事,却被咱中国人讲出暖意和善意。久别而聚,理应相拥相泣泪雨滂沱,却被万千喜鹊喳喳地叫出喜洋洋的气氛来,还有诗词对牛郎织女他们俩进行教育:两情若是长久时,又岂在朝朝暮暮——什么话?

东西方文化真有不同,同样诗意,牛郎织女的故事打底是红色,至少也是橙色,不似西方铺垫着冷蓝和纯白。

月不远人

一片月光,从拉开帘的窗户进来,站在床前。

床前明月光……李白正穿越千古表达。

床前明月光,绝顶浪漫又相当写实。奇怪以前竟没在屋里,在床前,在人近身处发现。

客观是天气。正月十五云遮月,八月十五雪打灯。可平常夜晚并不都云来雪往,有雾雾突突不爽天气遮蔽,有红红绿绿人造灯光拦挡,关键有电视、音响、网络,拐走人心意和眼光,月亮下不了地,进不了屋,迎不上人脸,照不到床。

其实月亮一直在那里,初一十五,惊蛰处暑一直在那里,欢欢喜喜,默默无闻,从未远人。

在天上,"明月几时有,把酒问青天";

在水上,"江畔何人初见月,江月何年初照人";

在边关,"秦时明月汉时关,万里长征人未还";看吧看吧第二句就说到人一定有人。

在人间,"床前明月光",白花花月光床单铺满床……

>>>
鲁迅文学奖诗歌奖初评委前排左四
穿红衣者雪抒雁、后排左三高红十

白天月亮没在你家操劳,一定在地球另半边忙碌;月末你看不到它,月初它一定在蓝幽幽夜空咧嘴向你请安。

月不远人。

李白那首绝句叫"静夜思",能带人思绪飞升腾空万里一定月亮,星星不行,劲道不够法力有限且满天星斗,听谁的跟谁走?

当然月亮。

十年前的1998年,戊寅年八月十五中秋与国庆叠加,笔者在江西九江采访刚过去的大洪灾。

所乘白底蓝道的公安吉普车行驶在江西永修县三角乡的圩堤上。8月洪灾倒堤破圩,这辆车成为茫茫水天一叶方舟,救护生命的摇篮。它救起上百老人和孩子,终因油箱进水熄火趴窝。大水来袭,三角乡派出所除了户口档案,什么也没有抢出来,办公地点搬到船上。这是无家可归的派出所,又是成千上万无家可归灾民渡过难关的船——给外出打工者开边防证,给少男少女上大学转户口,救灾物资分配、鱼塘权属纠纷……他们都要出面做工作,麻烦大了,还要执法平复。

这辆车是大修过的,司机是三角所的邹所长,所长脸上的黝黑积聚十年阳光。所长开车,像性急的骑手骑一匹劣马,需不停扬鞭不停嘶声催骂。车太破道路太糟!客人被颠得说不出话来,生怕咬了舌头,小心翼翼注视车前的路面,路面上每一坑洼,每一扭扭的鸡公猪婆……

夕阳沉落,一轮明月跃跃欲试从渐次深蓝的夜空中孵出。

圩堤里积蓄着4米深的洪水,各路电线蜿蜒水中,水不退,不送电。八月十五的三角乡没电,也就是说,没有照明没有电视没有广播,车子开过,少数人家闪烁着幽幽烛光。

笔者问一家准备晚饭的女主人,吃什么?今天过节。

她用水洗着黑黢黢光溜溜的大铁锅,平静地说,不吃什么。

不过节?

没钱,过什么节。

她家的房子建得高,建在堤上,洪灾过后,除了房子都淹了,棉田、稻地、果树、鱼塘,还有幽幽的梦和好听的歌,都淹了。笔者看到她时,她正给小孩子洗澡,显然不止一个孩子,她让大点的女孩子去找爸爸,女孩子一去再没回来爸爸也没回来。房前摆几个竹凳,晾一绳孩子衣服。房子里竹床上堆一些絮絮,看不清穿的还是盖的。她让坐,笔者没坐,如此境况没心情坐。

后来月上中天的后来,笔者离开,给三角乡派出所所长留点钱,放下篮月饼(这边月饼盛在篮里)离开了,返回九江一路好月亮追随……

1987年,新疆帕米尔高原红其拉甫。笔者结束对边防检查站采访,返回喀什夜宿塔什库尔干,也就是出古兰丹姆和花儿为什么这样红歌声的地方。

睡下已半夜,睡睡竟被揍醒。睁眼看,好大一面银锣,哐哐铛铛敲着响着轰鸣着,白光晃眼袭人。

也对,此地海拔3 700米,离地远离月近,向上高攀了七里地,加上空气稀薄,透明度好,月亮不亮才怪!

月落日出。月无所谓落啦,被金子般阳光遮盖,笔者上路,遍地雪山丛林中一只黄绿色小兽急匆匆赶路,赶采访的路工作的路人生的路……

很欣慰几十年人生路盖满太阳月亮的金章银戳。

先有月,后有人。自打有了人,月亮勤谨作伴,照路,登高,寻亲,觅友,吟诗,作赋,从不远人,功勋卓著。

心疏气散的人做不到与月夜夜亲密,总可以在阴历八月十五那夜,关灯,拉帘,开窗,请月进屋,表达人不远月的好意善意和一点点歉意。

记忆是一片海

记忆是一片海,记住是涨潮,遗忘是退潮。

记忆是一片海,拥有记忆的人从来也没弄明白这海有多大,因为无法测量计算,因为无时无刻不在变化。

记住那部分的海面是明亮的,满铺着阳光、星光、月光、早晚霞光,哪怕黑夜。何况夜晚从未黑透。记住的海域波涛汹涌浪花点点,有万千动物植物,远处的船只、近处的井架和岸边码头。

记忆与遗忘从未停止博弈,年轻时的遗忘是科学和健康的,好为记住腾出新的地盘盛载新的东西。

遗忘的海面是黑色的,渐远渐黑。浅黑部分有可能被激活和唤醒,深黑则永无可能,那就叫死海了吧。

记住与遗忘的博弈如何从胜多负少到僵持到遗忘渐增呢?没有人说得清,因为你多数时候不知道遗忘了什么。

不像丢,丢钥匙、钱包和手机,你清楚地知道丢了什么,并为此焦灼和心痛。

>>>
"知青作家"邓贤与作者合影

遗忘则不同。

你于无意的雾霾忘记,于某个瞬间发现,一张旧贺卡、一张似曾相识的脸、一张褪成全白不着一字的传真纸……才发现自己已忘记很多。

有些无所谓,忘记就忘记了;有些不应该,至少当时觉得不应该,并为这不应该郁闷、沮丧,暗暗心伤到心惊。

父亲得知妹妹去埃及旅游,一定要提起一个地名,一条河。好半天,笔者替他说出"苏伊士运河"。

父亲大释而大恸。

苏伊士运河,一条远隔万里的河,与绝大多数国人生活几乎没有关系的河。

但对父亲那辈人不是。

据有关资料记录:1956年7月26日,埃及总统纳赛尔向世界宣布,埃及政府将苏伊士运河收归国有。

同年10月，英国和法国联手以色列对埃及发起军事进攻，企图用武力重新夺回苏伊士运河。埃及军民英勇抗击，最终挫败了三国的武装进攻。震惊世界的苏伊士运河战争以埃及的胜利和殖民主义者的失败宣告结束。

当埃及宣布苏伊士运河公司国有化时，刚同埃及建立大使级外交关系的中国立即表示完全支持埃及收回运河主权。毛泽东主席在接见埃及首任驻华大使时强调，中国政府和人民将不遗余力地支持埃及人民为捍卫苏伊士运河的主权而进行的英勇斗争。在当时自身经济不富裕的情况下，中国给予埃及2 000万瑞士法郎的现汇无偿援助。在英、法、以三国对埃及发动侵略时，中国爆发了新中国成立以来最大规模示威游行，全国有上亿人参加（当时全国人口才5亿），北京就有上百万人上街示威。

父亲那年35岁，怎样形容也不过分的美好年龄，大有作为的年龄。上百万人的集体行动牢牢刻在父辈的记忆中。

苏伊士运河标志一个时代，时代过去了，记忆还在；记忆过去了，这一段人生就变成死海，好黑好深的海水从脚底上涨。

有的人生命还在，记忆已成死海；有人记忆的海面波浪起伏，浪花点点，生命的灯芯却没了油，照不见那海。不知哪种活法与逝去要好些，幸福些……

笔者努力帮父亲想起那条河，记住那条河"苏伊士运河,苏伊士运河",它不再是一条河名,一个地名,一段历史记忆,而是一烛亮着的生命之火。

(2010年6月,此文与悼词一起在父亲的追悼会上分发与会者)

伊水汤汤

到洛阳龙门可否不说石窟,不说那尊卢舍那大佛?说说佛脚下的河,汤汤伊河……

伊河像一面镜子,蓝天白云镜子,牡丹菊花镜子,见证一面山变成一群佛的镜子,伊河。

一年四季,四季二十四节令,一日十二时辰,伊河顺着眉眼暗送秋波。眼睁眼闭工夫,无到有,山到石,石到人,人到佛。却原来佛的长相早烙在石匠心中,写写画画,雕雕凿凿,现实到理想到浪漫到永恒。想象匠人雕出佛眼与之对视,那一刻该怎样雷鸣电闪惊世骇俗?!

佛与河共处多年,相看两不厌。当真不厌?谁知道?

水看佛像庄严妙曼,佛看水景四季变幻。永动的水,恒定的佛。当真恒定不变?谁知道?风蚀雨涮,佛的鼻端细部塌陷,谁让脸上鼻子最高最招风惹雨?还有大处损毁,盘起的腿。看得清衣褶看不清腿。看不清,胡思乱想神思遐想;想不出,猜;猜不出,编;

文学艺术由此产生。

有哲人说，水是时间，逝者如斯夫！令渡河者腿软。

佛亦是时间，前生、今世、来生。让拜佛人头大。第二次去洛阳龙门，天儿挺好汤汤伊水挺好万事万物挺好心情也挺好，不拜石佛，专拜古典诗词的佛——白居易——诗人如雨的唐代，白居易够得上十八罗汉品级也就是佛。香山寺绿树葳蕤，白墓园草色明暗。"浔阳江头夜送客，枫叶荻花秋瑟瑟"；诗人已远，诗句踏歌而来。"主人下马客在船，举酒欲饮无管弦"；迎与送，聚与散，人生与文学的大主题大脉搏被白居易号住。千百年过去，只要人在心在脉在搏动，读此诗句就有悠远共鸣。

好诗，注定比诗人寿长；如同汤汤河水，注定比大佛寿长且泽被远广。

比河，比佛，个人都太渺小，生命都太短暂。所以，那小小一捧就握在自己手中吧，做一枝牡丹，一盆金菊，一片深色石阶下幽幽青苔，一束迎风摇曳玉白芦花，亮出独特光彩与气派。

第五辑 蓝厅的故事

>>>

穿过时光隧道的迪斯尼

溽热秋天,第五家迪斯尼主题公园在香港隆重开园。千军万马前去捧场,搞得不像是娱乐,而是政治,是经济。希望大群人民去,扔大把人民币,商家考虑天经地义,此点非笔者关注。

笔者认得公园大门尖顶城堞的古堡造型。它的原始样本来自德国富辛阿尔卑斯山深处的新天鹅堡。

五一节笔者去了新天鹅堡。近年出境游走了不少古城堡已见奇不奇,因大同小异感觉麻木,可是新天鹅堡——兀立高山的建筑予人强烈震撼。

城借山势是建筑传统,阿尔卑斯山够高吧,新天鹅堡欲与山峰试比高,在鸟飞绝、人径灭处磊石砌墙,厚重的城垛拒人千里,高耸尖顶穿天摘云,茂密森林不掩映,只托举。想象一个难得的稀云淡雾晴好天,新建城堡全身显现,体现了建筑设计者怎样的惊世骇俗与一意孤绝。

城堡主人是十九世纪中叶(1845—1886)巴伐利亚国王路德维希二世,一位英俊孤独的君王。据说,

>>>

赫尔辛基市场旁边的石龟与小鸟

建筑的蓝本来自德国同时代著名作曲家瓦格纳歌剧中的布景。路德维希二世在青少年时期就是瓦格纳音乐的狂热崇拜者,之后又成为幸运音乐家终身赞助商。在新天鹅堡,国王给瓦格纳神话歌剧中的骑士传说、英雄故事搭建了天高地阔湖光山色的舞台。

路德维希与瓦格纳心灵相通。据音乐大师梅纽因评价:瓦格纳音乐体现了"非现实之梦幻,神秘之幽灵,想象之境界",并把这些进行了"美学的发挥与升华"。梅大师形容做为指挥的瓦格纳"像一根不祥的黑香肠躲在高高乐队的斜坡后面",他的音乐"充满性欲沉迷死亡,体现了浪漫主义时代已经达到的那种略显歇斯底里的迷幻痴狂状态","有一种妄想、偏执和雾蒙蒙的神秘感",狂热崇拜他的那位国王"没准也已疯了,瓦格纳的音乐让他着迷致病"……总之,梅大师对老瓦和国王评价不高,却道出了可能存在的事实。

路德维希16岁首次看瓦格纳歌剧,之后没命地喜爱。他19岁登基,十分厌恶君主专制体制和枯燥的执政工作——一个沉溺神话的人怎么会喜欢?敏感、天才、忧郁,使国王为自己的青春找到一个开花绽绿的天地。盖大房子,盖奇特的房子,盖绝世的房子。如果说继位执政的国家不听他的,臣仆不听他的,亲属不听他的;山湖林地听他的,建筑设计师听他的,壁画家、烧瓷、编织、刺绣的工匠听他的,他干嘛不率性而为,让自己开心呢?!

监工设计、施工,一柱一廊,一门一窗,级级阶梯,件件饰品,亲自过问,乐此不疲。他不见人,饭食都由可升降餐桌送上递下,像他所说,白日"进入崇高孤寂之界与黄昏的众神对话";夜晚,乘金雪撬出游,骑白马的仆从着蓝白制服,戴洛可可假发和三角帽,自然雪地驰骋神话场景,很大程度人戏两合梦醒不分了。

朝朝暮暮,岁岁年年。国王盖了一座又一座大房子,盖了新天鹅堡、林德霍夫宫,和极像法国凡尔赛宫的男士基姆湖宫。从24岁到41岁。

众大臣终于忍无可忍了,1886年6月9日,一支叫做"国家委员会"的机构前往霍恩斯万高,向国王路德维希二世宣布剥夺他的执政权力。三天后,国王二世最后一次从新天鹅堡驶往宫殿山。一天后,他不明原因死于施塔恩贝格湖。

那天是 6 月 13 日，初夏的湖水又深又蓝，倒映着阿尔卑斯山永恒的雪帽，倒映着绿树和蓝天上的白云，如此宏大的布景接收国王最后谢幕。与其做被害的猜测，不如相信国王是出于尊严的自裁。身后事任由身后人评说，那评说或走样，或煽情，或悬念丛生，或离题万里……统统与国王无关了。路德维希二世留下永不谢幕的艺术品——新天鹅堡、林德霍夫宫、男士基姆湖宫向岁月和世人诉说。

新天鹅堡，从巴伐利亚高山峡谷穿越时光隧道来到新大陆，其中什么东西被滤去了，变形了，成了今日迪斯尼乐园背景造型，让无数孩子欢笑，让世界增加多少分贝噪音的迪斯尼。

同样的建筑造型，它的拥有者却是完全不同的人生理想。一种跷脚触天，一种俯首拱地。新天鹅堡原主人不与任何人分享，他的孤独、忧郁、对美的追求与沉溺；而迪斯尼的老板最大限度取悦客人，9 月 12 日那天为了取悦中国客人，香港的米老鼠穿唐装，戴瓜皮帽，逢人作揖——前提是这人花钱买了门票。

尼斯湖怪兽和鱼梯子

在英国斯凯岛做一日游,看了山坡上老人形状的石头,高地碎崖间隙的瀑布,原住民住过的罩着渔网、挂着石头的房子,碎镜片一样的湖群,黑脸山羊……托举这些是高低起伏绿色的丘陵。我买了一件据说是按凯尔特人传统方式烧制的小陶瓶,色彩蓝中带紫很特别,主人卖 3.75 镑,合人民币约 50 多元,不砍价。

在苏格兰游第三天,我们奔向此行最有名景点:尼斯湖。

子虚乌有的尼斯湖怪兽(又或许有点影儿,这个世界上有点影儿的事情不是太多了么),被英国人整得沸反盈天,动静极大,光是旅游一项为英国国库收了多少银子!冲着这么大动静,估计到那里的游客十个得有九个失望。从此点可看出古板守旧英国人富于想象,能"忽悠"的一面,否则怎么会有风靡全球的《哈利·波特》,那可是女作家罗琳穷困潦倒时的超豪华想象呢。

>>>
古巴卖雪茄和朗姆酒的大叔

眼见为实的尼斯湖十分平凡,长度长,而宽窄处窄,最窄的地方一眼可见对岸山和树。如果没有怪兽的传说,相信此湖边不会有游客逗留。有了怪兽就不得了了,天地皆不同。湖边有怪兽造型,看上去像一种恐龙,反正恐龙什么样也没人见过。游客纷纷与怪兽"造"像合影,以证明"到此一游"。商店里有各类怪兽玩具,绒布的、吹气的、金属的,大可怀抱,小可盈握,还有轻薄的,有造型夸张可爱的明信片……我买了一件绒布的,巴掌大,头戴苏格兰式格呢帽,领结和背脊的彩条也是苏格兰格呢花色。鼻子奇大,胳膊,还是鳍极蠢小,一个字:丑,但丑得可爱。总之到了纪念品商店不能让你空手出门。

还上了据说全英国最豪华洗手间,豪华在何处不晓,只见满天星星样穹顶,整得神神秘秘。

当日给人印象深刻的倒不是尼斯湖怪兽,而是一道水坝前的"鱼梯子"。那是从高地首府因弗内斯—

路南下路过的 Pitlochry 镇，这里有一道发电用的水坝并不新鲜，新鲜的是为了不影响三文鱼逆流而上产卵特意修建的三十几级鱼梯子。

鱼梯子的原理如同我国三峡大坝的过船闸。三文鱼逆流而上时很难越过高高的大坝，只有从很远处开始修建一级级阶梯，鱼儿先进到最平缓最低的那一级，关上闸门，人工控制此槽里的水开始提升，提升到相当于第二级水槽里水的高度，把鱼放进第二级梯子，关上闸门，再提升至相当于第三级水槽里的水的高度……就这样一级级提升到坝顶的高度，鱼儿也游到了大坝跟前，往下则是顺利进入蓄水的库区，无遮拦地自由自在地寻找适宜产卵的水域。为了使旅游者看到鱼儿逆流而上进入一梯梯台阶，总控室还有可观察、透明的玻璃橱窗，还有电脑计数，过去多少条了，还有多少条没过去。我们参观时，电脑显示已经游过去3 329条三文鱼，每年大约要过去五千多条。直到数字显示绝大多数鱼已经逆流而上，这里工作才告一段落。

令人惊讶！从细致入微不厌其烦对待这五千多条溯流产卵的三文鱼可看出英国人务实、认真、细致的另一面。正因为有了这一面，三文鱼有福了，世界各国游客有福了，最终英国人有福了。

威尔士的古老与现代

英国全称大不列颠及北爱尔兰联合王国，大不列颠岛包括英格兰、苏格兰和威尔士。极其复杂的历史原因形成英国今日的行政格局。威尔士在英国西部，有自己的语言文字——顺便说及，苏格兰还有自己的钱币——高速路进入该地区，交通标志都是两种文字，我们到那里参观游览，门票、说明书都是两种文字。怎么也念不清楚，看上去字母排列很有些不同哩。该地区的徽章是一条凶恶的飞龙。

这片土地湖光山色，风光优美，自然保护区众多，被誉为英国的大公园。走马看花一天时间，我感觉名不虚传。英国，又或者整个欧洲，多的是城堡和教堂，有体量巨大、超豪华的，像梵蒂冈、佛罗伦萨、巴黎、伦敦等地；有半新不旧的；还有干脆废得不能再废的废墟，都被一代代后人好生保存。

威尔士也不例外。一座建于公元 1300 年的天主教堂，因教会之间争斗而废，从现存残垣断壁的高耸入云可以想见当初的宏伟壮观。现在做为景点售票供

>>>
摩洛哥与穆罕默德五世陵卫兵合影

游人参观。游人很少,可自由穿行,随意留影,大声喊叫。让人感慨既有今日的小心保护,又何必当初杀伐焚毁?日月如碾如磨如筛如箩,早磨碎筛去你是他非的久远恩怨,漫漶不清,说也费舌。留下朝晖夕照下的沧桑美丽,那美丽永恒。

到了威尔士首府卡地夫,参观了一座"卡地夫城堡",城堡里有主人公当年作息、办公、会客、育儿的厅堂屋宇,有单辟的兵器展览馆,还有一座像关押"铁面人"的狭窄监狱。等候参观时光,可与满院乱跑的松鼠、孔雀玩耍,想想看,那可是傲慢的孔雀不是麻雀哎。

卡地夫令人惊讶处在它的停车管理，自动计费，当然前提是告知车主何处停车收费贵；而多走几步路的地点停车要便宜许多，自己选择，自己停车后计时交费走人，几乎见不到管事的人，不可能有砍价、通融等啰啰嗦嗦，也就避免了因人而异的执法管理方式。当然所做前提是被管理者心悦诚服遵守规矩，也说明定规矩时有充分的民意参与。

更令人惊讶的是，卡地夫除了有各州县府都有的议会建筑和大钟，还有一幢在我看来极为现代、丰富，不收门票的博物馆，据说全英国的博物馆都不收门票，而且丝毫不因为不赚钱而敷衍、凑合。声光电等高科技手段展示开天辟地自然景观。各种展品让人近距离触摸。小孩子欢呼，大人并不劝阻。让人惊喜的是，博物馆的总台展板上居然有中文。参观那天我周围没见到同胞，因为这里没上旅游团节目单的缘故吧。

人少，所以心静心安从容适意，所以看到很多，感慨更多。

一路走来的"车夫"，是 20 世纪 80 年代来英的新移民，现安家布里斯托市，有花园洋房（在英国还不算洋房么），有两辆车，有一只叫迪呢的大狗。夫妻有各自的工作，有稳定的收入。儿子在曼彻斯特上大学。男主人崔先生说，他的经济状况早十年还可向国内人夸耀，现在国内比他强的人有的是。开车途中，他与我们消磨时间的方式是背毛主席语录，唱前苏联歌曲，讲20世纪60、70年代的大众娱乐明星。那会儿的事他记忆犹新。说起国内近年的明星八卦，超女，馒头什么的，他一无所知。

涅瓦河

俄罗斯有许多条知名大河，叶尼塞河、鄂毕河、伏尔加河，顿河……以上河流流域宽广，并不专属哪座城市，唯有涅瓦河与圣彼得堡紧密相连互为因果。涅瓦河因圣彼得堡出名，圣彼得堡因涅瓦河美丽。因为大小涅瓦河，圣彼得堡有423座桥梁。无论桥梁铁栏、灯杆装饰、桥头雕像无一重样。为了方便大船出入，主航道的桥梁可以开阖。走船时天上阳光月光星光，水面波光霞光灯光，汽笛呜呜打着招呼，船头切开船尾聚拢浪花涟漪，那美好超乎想象。

中国旅游者来圣彼得堡必看景点：泊在涅瓦河边的阿芙乐尔号巡洋舰。所谓"十月革命一声炮响"，炮声来自此舰。阿芙乐尔号巡洋舰1900年建成下水，舰长124米，舰宽17米，排水量6 730吨，"阿芙乐尔"意为"黎明女神"。

日俄战争中，阿芙乐尔号是条战败的舰船，它脱离了俄国舰队，被扣留在菲律宾，战后才归还俄国。1917年二月革命，舰上水兵发动起义，参加推翻沙皇的斗争。7月,"阿芙乐尔"号宣布,只服从波罗的海舰队布尔什维克委员会的领导。1917年11月7日(俄历10月25日故名十月革命)舰上电台广播了列宁签署的《告俄国公民书》,革命军事委员会向临时政府发出最后通牒,令其在6时20分之前投降,遭到拒绝后于当晚9时45分,阿芙乐尔号巡洋舰向临时政府所在地冬宫开炮(据说是空炮弹),揭开了"十月革命"的序幕。

1948年后,阿芙乐尔号作为"十月革命"的纪念舰永久性停泊在涅瓦河畔,成为海军博物馆分馆供游人参观。

游人登舰时早没有五光十色的憧憬,船体本身也失去神圣,但笔者还是隐隐激动。"十月革命一声炮响"现在看来十分浪漫十分写意,但对于中国革命、中国共产党、中国近现代史,这条船依旧不同凡响。

涅瓦河有一档自费项目:乘船游览至河流入海口,看河海融汇的波罗的海芬兰湾。游船上有五个俄罗斯人表演节目,边唱边跳,与客人频频互动,调节气氛甚为热络。他们演唱的俄罗斯歌曲中国人耳熟能详《莫斯科郊外的晚上》、《卡秋莎》、《三套车》、《红莓花儿开》……中文跟唱者大有人在。

看架势表演结束是要给小费的。自从国门打开国人出游,中国客人对待小费态度大有改观大为进步。刚开始嫌一天10元、20元人民币太贵,逢导游收费必有人磨磨唧唧嘟嘟囔囔不那么爽快,到眼下会主动

涅瓦河

向导游"请教"——看完表演给多少小费合适？卢布多少？美元多少？要不要人民币？给多少？K导依惯例一一做答。

果然，演员开始演唱中国歌曲，久违了的毛主席语录歌《下定决心》，演员用美声努力咬清中文发音，胸腔共鸣字正腔圆。"排除万难去争取胜利"后边跟着一串"乌拉（万岁）"：列宁乌拉斯大林乌拉毛泽东乌拉邓小平乌拉，直至中国当下的最高领导人"乌拉"，跟在一片乌拉后边是极为清晰的几个汉字"谢谢小费"，演员头上的帽子摘下翻转，迎着一个个客人走来。中国客人不吝钱财十分豪气，帽子很快浮浮漾漾满了。笔者回头看K导，显然K导不喜欢这一幕，悄悄走出船舱。

笔者体察到K导的心境。是啊，五十多年前中苏关系蜜月期，苏联是老大哥，苏联的今天就是中国的明天，中国派大批青年才俊赴苏留学，学习专业技术、学习文化艺术、学习管理国家的方法……可以说，那个时代绝大多数中国公民看苏联公民目光是仰视的。五十年河东变河西，眼下帽子翻转"谢谢小费"，自尊骄傲如K导是不会心情舒畅的，于是他悄悄转身走出船舱。

圣彼得堡的清早

圣彼得堡,一座矗立欧洲、不同于欧洲任何城市的城市。

三百多年前,一个叫彼得的俄罗斯人在这片荒芜的沼泽地征战、夺土、造城、建都。将开疆创业的野心、勇气、想象和情怀渐次铺展并最终完成。几百年过去,彼得皱起的眉头和深长的呼吸依然起伏于这片土地,他是圣彼得堡的魂魄、最知名商标和最权威注解。笔者以为,圣彼得堡比莫斯科美丽,因为临海,因为穿城而过的涅瓦河,也因为无处不在彼得大帝的传说。

1703年圣彼得堡建城并定都,一战时囿于反德民意(圣彼得堡来自德语)改名彼得格勒(俄语"格勒"即城市),1924年改名列宁格勒,1991年改回圣彼得堡。城市最惨烈遭遇在二战,1941年被德军包围,饥饿的人们吃掉宠物、皮带、壁纸后边的胶和煤。全城百万民众誓死抵抗900天,牺牲60万。眼前花红草绿金碧辉煌都是二战后重新修建。

笔者一行清晨5点抵达圣彼得堡，站台一黄头发瘦高个小伙低着嗓讲中文：是四十二人的团么？吓一跳并最终确认这位是旅游团在圣彼得堡的导游K导。K导毕业于城市同名大学，与普京总理是隔着辈的同学，俄罗斯族。莫斯科的女导游称阿导，鞑靼族。

清晨街道人少车稀，广场黑湿着地面，沐雨的草地珠光闪烁。一切才张开眼睛，冬宫（本名叫艾尔米塔什，法语意为"隐宫"）、众多青铜雕像——尼古拉一世沙皇、叶卡捷琳娜女皇、诗人普希金……从各自位置张开眼睛，望着气势恢弘城市新的一天，和新到访的客人。

最先参观彼得夏宫。夏宫是此行看到最美丽的皇家花园，上花园对称，规整，教堂金顶，建筑白墙，看上去很爽。下花园原本一面坡地，设计师化腐朽为神奇建成高低错落喷泉组合，每天11点开始喷水，引导游人边观泉水边走向海边，眼前深蓝浩渺是波罗的海，近海处叫芬兰湾。后来得知，彼得夏宫之所以教堂穹顶、古希腊神像奕奕生辉，皆因建市300年纪念，政府慷慨解囊，为以上所有贴金。

圣彼得堡迷人的地方在多样化。无论街道、广场、宫殿、花园、雕像无一重样，城市建筑墙面颜色多达四十多种。问及原因，答，为了抵御漫长冬季给人们情绪带来的忧郁……是啊，俄罗斯绘画、音乐那与生俱来剥离不去的忧郁。

据说彼得大帝原本不打算在涅瓦河上造桥，他说夏季行船冬天走冰。圣彼得堡的高纬度,长冬季在战争史上确实起到不可低估的作用,一是亚历山大一世沙皇依靠寒冷冬天补给困难最终打败拿破仑;而德国法西斯也是逞雄于夏季,颓败于雪花飘飞的冬天。

圣彼得堡是苏共十月革命发源地,据 K 导介绍,你们(指中国游客)看到电影《列宁在十月》和《列宁在1918》表现的都不真实,真实是少数赤卫队员听到炮响冲进冬宫,冬宫太大,房间太多,赤卫队员险些在里边迷路,最终在孔雀石厅发现办公的临时政府官员,带走他们意味着布尔什维克取得革命胜利。

游客当中感兴趣这些的已十分稀少。

彼得保罗要塞的彼得保罗教堂是罗曼家族也就是皇族身后安葬的教堂。彼得一世安葬此地,最后一任沙皇尼古拉二世于 1917 年下台,1918 年 7 月,他和夫人、四个孩子及其仆人被射杀于西伯利亚的叶卡捷琳堡。

80 年后的 1998 年,彼得保罗大教堂为末代皇帝尼古拉二世一家举行了遗骸下葬仪式,何处来,依旧魂回归何处。

新圣女公墓

去新圣女公墓是笔者参加访俄团的自费项目,加之安排在行程最后多数旅者已疲惫,所以去者仅占全团人数1/3。不去的人干什么?小公园歇着。莫斯科这样的街心公园遍地都是。

据导游介绍,新圣女公墓始建于1524年,附着于新圣女修道院。起初是教会上层人物和贵族的安息之地,一般丧夫守寡或被废的女皇亲先进修道院,死后不入皇家陵墓安葬此地。又据说,彼得大帝的姐姐索菲娅公主在这里被囚并安葬,有聪明的中国人叫它"俄罗斯的公主坟"。

19世纪后,新圣女公墓逐渐成为俄罗斯著名知识分子和各界名流的身后归宿。该公墓占地7.5公顷,埋葬着2.6万多位俄罗斯各个历史时期的名人,现如今"人"很拥挤,不是什么人都进得来,有了更高门槛。

中国人熟知的文艺界人物有:作家果戈里、契诃夫、法捷耶夫、奥斯特罗夫斯基,芭蕾舞大师乌兰诺娃，马戏演员墓前除了本人雕像，还有他的爱犬；称得上"新圣女"的有斯大林夫人、勃列日涅夫夫人、戈尔巴乔夫夫人（戈氏称，去世后和夫人共葬此地）；世界第一个太空人加加林，图系列飞机设计师；大批二战牺牲将领。年轻卓娅的墓碑形象感人至深：双手被缚身后，衣衫破碎，乳房裸露，头颅高昂。据说17岁的卓娅临死前遭德国鬼子野蛮摧残。消息传到斯大林那里，他下令：凡折磨杀害卓娅的德军，有一个杀一个，据说直杀得此部队番号撤销。卓娅对面是舒拉墓地，旁边安葬英雄的母亲（母亲到访过中国）。一家人最终在这里团聚。

赫鲁晓夫的墓碑由黑白两色大理石交叠构成，中间是黑色石雕头像，意寓对赫氏的评价黑白各半吧。据说赫氏雕像的作者曾遭受赫氏严厉批判。赫氏去世后，很多艺术家不愿为其雕像。赫氏之子找到这位雕塑家请求为父塑像——一件很悬的事情，万一艺术家不干呢——其中一定有很多交集碰撞沟通，结果是艺术家接受委托，经过天才构思和认真创作，有了来人必看称得上经典的赫氏墓地雕像。

叶利钦墓地也在此，平地起伏着俄罗斯白蓝红三色国旗。旗帜是要飘飞的，铺在地面很难有飘飞的灵动。

唯一中国人、中共曾经最高领导、去世前仍是中共中央委员王明的墓也在此，身着中山装，两眼向前方，雕像极为普通。据说，1956年中共中央批准王明赴莫斯科治病，同行者有夫人、保健护士、警卫员和保姆，后来又派了两名针灸大夫赴苏达半年多，协助苏方给王明治病。王明起步发迹于苏联，长期在苏联学习工作，当过共产国际代表，聆听过斯大林教诲，俄语好，苏联很认可与他的交情，至少多任领导对他的待遇没有改变。直到1974年去世，王明再没有回过中国。

近年中国旅游者渐多，王明的墓地不再寂寞。笔者很想知道，这位葬身异乡的中国人和他妻子有没有想过回国？没听说他有后人，也就没人代表生命继承者表达逝者和后人的诉求，这棵树枝断叶枯，想迁移只有国家出声。

夕阳红时，枉凝眉。王明本名陈绍禹，应该被记得。

极　　目

这个八月，9天走了北欧4个国家5座城市1个小镇，怎能不匆匆？

乘游船游最深峡湾，乘火车沿最陡峭铁轨爬山，进出市政大厅，参观教堂古堡，逡巡外观相差不多皇宫与大学……

说惊艳，却勉强。

论宫廷豪华排场，不抵巴黎伦敦莫斯科甚至伊斯坦布尔，论历史悠久，不抵埃及，五百年以远便语焉不详缺少证明；提起名声远播人物，五秒钟内想不出。一个以诺贝尔命名颁奖典礼，竟成为瑞典、挪威两个国家民间皇室的盛事；再就是安徒生了，他的海的女儿坐在海边岩石上，纤细弱小，想象作家多半在寒夜摇曳烛光下构思完成……论人文自然景观之多样奇峻，更不比咱家中国。

有人捂嘴小声，峡湾比不上三峡。

匆匆北欧行，耗财费力行什么看什么？

极目。

就是毛泽东所说"极目楚天舒"的"极目",杜甫老先生所说"决眦入归鸟"的"决眦"(不喜欢"决眦"读音儿,嫌它不悦耳)。

无论坐车乘船——豪华海轮和峡湾游船,无论走路休息,凡入眼眶皆可极目。大海与陆地,森林与麦田,峡湾与雪山,个个不同人家房舍与直指蓝天的教堂尖顶,绿得眼晕蓝得眼晕的草地湖水,经得住极目远眺,不辱没见多识广的瞳仁。

那是一匹多大多宽织物,沿地平线天际线徐徐展开,走过一地一镇一郡一国,目光尽管扇面样打开投放,不会被不美打断。

鱼市场生猛鲜活大鱼大蟹大虾,相信来自辽阔深邃可极目之海洋。

极目同时,心胸舒张,一口口吸入绝佳空气,在白天最长黑夜稍纵即逝季节。

把一方大自然伺弄成这样,实属自然之子自然之友的职责与境界,大自然也充分释放好意美意善意,让这里的人包括客人活得舒适。

有了舒适,开心幸福还远么?

处处是笑脸。像家家阳台上花朵一般孩子的笑脸,孩子爸妈笑脸,迎向陌生人满是信任的笑脸,感染对方绽开同样的笑脸,笑就够了,不需语言。

有中国游客让导游打电话,请店家回来卖东东——隔着橱窗看到心仪东东,星期天不开门干着急买不到。客人理由是:有钱不赚傻呀你!

额滴个神呀！星期天，上帝规定的休息圣日，勤谨的人们工作了五天半（周六工作半天），问心无愧心安理得去休息去玩。打电话没人接。导游说，是没人接，他们去海边钓鱼，去峡湾登山，去绿草地乘滑翔伞，累了饿了吃粗大壮硕的海鲜三明治，脚力不强的老人去喂教堂的流浪猫……这些都是天经地义的事情，唯此唯大的事情，比赚钱重要百倍的事情，谁，比谁傻呀？

别以为金发碧眼人高马大的北欧人只会玩，这块土地的知名品牌如雷贯耳：诺基亚、宜家、风能发电（叫不出公司名头）……又据说这片土地的公民读书最多，每逢黑夜漫长的冬季到来，各种读书俱乐部开始忙碌，把读者网上订阅或购或借的书送到家门，再收走看完的。

想象送书的车子由北极驯鹿拉着，圣诞老人驾着，车子辗压一尘不染白雪吱吱响，还有好听歌声——圣诞老人吆喝开门的歌声和驯鹿脖子上的铃声。不怕寒冷的人们穿得滚圆走出家门迎送，璀璨灯光美丽雪光定可极目。

与阳光媲美的笑脸（外一篇）

阳光，北欧国家的宝，因稀而珍。极冷季节在极北处，会有一个半月几无阳光，黑夜，黑夜，还是黑夜，总也做不完黑夜的功课，让抑郁症高发。

到了每年七八九月，太阳劳模般每天工作二十几小时，尽情播撒阳光。山因了她青，水因了她蓝，瀑布因了她激情澎湃，草地因了她和顺温柔托载众生。生怕把阳光浪费，无一家阳台无花，花开有意境。

北欧人欢喜阳光，亲近阳光，不用遮阳帽、遮阳伞，很少太阳镜。尽情，撒欢开怀接纳，顶礼膜拜。令中国游客背包里的防晒霜等不好意思露头。

旅游大巴从瑞典横穿出境，不知觉进入挪威首都奥斯陆。看人生百态雕塑园，路过因颁发诺贝尔和平奖出名的市政厅。你好——有人用中文高声。你好！问谁？我们吗？中国客人吗？

循声望去，一群金发碧眼的孩子见我们听懂他们的招呼兴奋异常。你好！中国人？你好！他们对确认的中国人高声喊，大幅度招手。

能不动容？

我走过去，迎着与阳光媲美的笑脸走过去。几个单词达成合影邀约，妹妹默契地举起相机。

我被一男孩子紧紧搂着，别的孩子搂紧他，围拢他，快门按下。妹妹同前。

他们问"bye-bye"中文怎样讲？

"再—见"，"噢再—见"。

事后看相机回放，八个孩子八张笑脸，有张大嘴，有摆 pose，有微启朱唇，无一人不笑，无一人不真笑——见多了假笑媚笑小大人笑皮笑肉不笑林林总总丑笑，此合影让人好开心。

笑容是友善、和平、祝福，这股人类赖以生存的底气穿越地域、语言、文化、信仰、年龄，穿透人与人之间隔膜猜忌的铁壁，疏离仇恨的泥沼，一句"你好"，破界而出，开一朵大喇叭花，或开脸盆样大向日葵花，花开有意境。

此处，一月前枪声响起，断送几十条年轻生命；此时，笑声响起，盖过枪声。

你好人们！你好世界！

茉莉花茶

北欧斯堪的那维亚航空公司航班，万米高空机舱内。一顿正餐吃过，高热量食物——肉圆薯仔、火腿黄油、冰激凌甜点——吃的人肚胀，脑瓜有些浑浊。

人高马大金发碧眼的空乘举着深色大壶，沿走道逡巡，听话听音，送出有咖啡、红茶、大瓶矿泉水……想想看，均不遂意。正想择其一解不爽，忽听一声"茉莉花茶——"如闻天籁；"茉莉花茶——"口齿清晰标准中文哎，相信机舱内黑眼珠子聚焦一处，找那发声点。

一位身材纤细，容貌秀美的黑头发女孩儿从走道出现，手拎一大壶，边走边左右招呼，"茉莉花茶——"，把中国客人伸出的杯子一一注满。

好爽！中国人的胃就服中国茶。一些中国男士快快喝光又添满，直把中国女孩看着笑。

想想看，在万里之遥的北欧，万米高空的飞行器上，有中国空乘服务，有茉莉花茶伺候，是件有意思事。它说明很多：友好交流、贴心服务、国人财力、国家地位……品着茉莉花茶您就细细想吧。

蓝厅的故事

"来亲爱的，换上你美丽的长裙，咱们再走一遍。"

说话者是瑞典斯德哥尔摩市政厅的设计师拉格纳尔·奥斯特伯格（Ragnar Ostberg），听话人是他妻子（很少的资料里称她为爱莎）。妻子顺从地换上长裙，手提裙摆，沿着二楼通向一楼的台阶走下来。

丈夫举着烛台照亮，鼓励说，"好的，抬头，挺胸，脸带微笑，稳稳地，看不出一级级台阶向下走，像风儿吹拂梅拉伦湖面的花朵样飘下来……"

妻子按他说的走，走过长的那几级，走过转弯的平地，走下短的直通一楼的那几级台阶。之后她告诉自己丈夫——整幢大楼的设计师、也是这几级楼梯的设计师：脚下很稳、很舒适，不必担心裙摆被踩住，也不必低头看路无法抬头微笑。很好，亲爱的你成功了。

丈夫放下烛台，上前轻轻拥抱妻子，在她耳边说，"谢谢，我爱你。"妻子回应，"亲爱的我也爱你。"

这是一年之中爱莎第八次身着长裙试走这个台阶。

>>>

作者和美丽的突尼斯少女

丈夫爱妻子,把所有将从这个楼梯走下来的女士都当做自己妻子一般呵护,希望她们步履轻盈,衣裙飘拂,希望她们脸带笑容美丽如花。妻子爱丈夫懂丈夫,所以心甘情愿一次次试走,直至成功。

据说最舒适安全的楼梯台阶共 27 级,每级高约三寸,阶面宽约一尺。又据说,斯德哥尔摩市政厅建成 80 多年(1911 年动工,1923 年竣工),在这里举办过的宴会不计其数,从未发生过鞋跟或裙子被踩事故。

此段楼梯在蓝厅,大名鼎鼎却名不符实的蓝厅,每年诺贝尔奖颁奖晚宴在此举行。市政厅二楼还有个金厅,是颁奖后开舞会的地方。一蓝一金,瑞典国旗的颜色(宜家招牌的两色),也是国徽的主要颜色。市政厅设计这两厅是应该的也是适宜的。

市政厅的主体建材是红砖。当主体完成，准备往红砖墙面贴蓝色马赛克时，设计师发现，褐红色砖墙在窗户射进来阳光的照耀下，有一种温暖、古朴的美感。不要忘了，斯市地处北纬60°（我国最北端的漠河不到北纬55°），再往北5°，北纬65°就进入北极圈。

这是个无论何时都不会拒绝温暖的国家，何况每年诺奖颁奖日是诺氏去世的日子——12月10日，冰雪覆盖十分寒冷，温暖更是难能可贵。

于是——笔者写下这两个字，想象八十多年前一定不会像写两个字这么简单，设计师有过犹豫和纠结，也会有不同声音发出——设计者和建设者决定不再往红砖墙上贴蓝色马赛克，才有了今天全世界客人面前名实不符的蓝厅，以及有关蓝厅的种种佳话而非异议。

拉格纳尔·奥斯特伯格（Ragnar Ostberg）被称为瑞典民族浪漫运动的启蒙大师、著名建筑师。斯德哥尔摩市政厅也获得世界100个有影响建筑之盛名。

身为中国游客，笔者在2011年8月赴北欧旅游时，进那个厅，沿那段灰朴朴，极低调的楼梯走了一遭，为八十多年前的一对佳偶，为佳偶的仁心仁行满怀钦敬（有中国人说"我做的染色馒头我不会吃，我做的奶粉不会给我孩子喝，我写的书不给我孩子看"……）。希望身边多些善良美丽，少些丑陋和私欲。

蓝厅的故事是市政厅中文导游何吾乐讲的。淡黄头发的何吾乐是位干净、整洁、斯文有礼的瑞典小伙。

走过一厅一廊,讲完一柱一画一毯,他会问:有什么问题可以提问。眼镜后边的目光清澈明亮。

笔者巴巴结结地跟着他问他,得知吾乐在中国上海复旦大学学习两年中文,本科是工科,想做实务并不想搞社科,中文导游讲解是暑期打工。他告诉我们,参观进门的贴纸出门后可贴回展板重复使用,既环保又美观。

打仗时走以色列

十分想去以色列

此话像某小品台词,却半点不夸张。

念想缘起八年前一次采访,采访对象是学问有点大的冯象。冯君与笔者同代,老三届,上海知青。插队云南九年,恢复高考后一步步云南、北京,又美国哈佛、耶鲁,攥一把文凭——不奇怪,中国人擅长此技艺;令人惊叹他业余时间所为:翻译《圣经》。笔者采访时问他为甚?他说《圣经》乃西方法律起源之一,所谓"旧约"是以色列子民与上帝立约,照着上帝规定的"十诫"去做,上帝承诺带他们到"流奶流蜜"的地方。立约——践约,不就是现代法制的契约论么?另一起源是罗马法。冯象以为《圣经》中文版旧译舛误太多,一对不起读者,二对不起作者。

笔者愕然、恍然,有些赧然。那时就有了去以色列的想法,毕竟那里是《圣经》的故乡;《圣经》是世界上翻译文字最多、读者最多的书(不是之一)。

>>>
和以色列士兵合影

之前听说中东不安全,心动并未紧接着行动;之后报了两个团,交了定金,因人数不够未能走成,念想遇挫愈强,倒有了非去不可之决心。后听说某旅行社还有两个赴以名额,遂和同伴七里咔嚓挤了进去。并不费事的参团手续,不要押金、房本车本等,唯一苛处是不接受第一次出境的空白护照。笔者已用第三本因私护照,以色列与约旦是第二十五、二十六个出境国,过往良好的出入境信誉,很快获得以国签证,可以"走你"。

早知道地中海边狭长地无令人惊艳自然景观,人文底蕴却足够深厚,可切可磋,亦琢亦磨。光那地名——耶路撒冷、伯利恒、希伯伦、加利利……听上去有点铿锵,有点冷硬,有点悠远神奇。

旅游就像擦火柴,起不起火花?还是只冒青烟?取决于火柴头上磷是否饱足。

做功课是必须的,等于往火柴头上抹磷。笔者翻看了《圣经》《简明犹太民族史》等,上 N 个网站查目的地地理人文资讯……

2012 年 11 月 15 日晚,京城飘雪,有西北来的团友被阻所在省会机场,没人知道他们除简单行李,还背了几十个白面馍馍,没人知道以色列已升起战争硝烟——新华社报:以色列与加沙的冲突继续升级,致 200 多人死伤,以色列拟征兵 3 万,埃及总理访加沙挺哈马斯……

戈兰高地与加利利湖

到以色列第二天赶上安息日。酒店娱乐场所包括小卖部都不开门。问何时开门?说要等当天日落第一颗星星升起。清早在加利利湖边散步,所见游船都收声敛气,遮篷盖布。少数下水者疑为外来游客,街上车少人稀,见当地人跑步。道路转盘处有七杈烛台的以色列国徽和六角大卫星的以色列国旗,晨光微风中细诉神奇小国久远的过往……

当日景点是戈兰高地,一个耳熟能详地名。1967 年 6 月的"六日战争",以色列从叙利亚占得。道路两边可见黄牌,导游说黄牌下边是未及清除的地雷,路边还有坦克残骸,夸张处把残骸拼装成红色大蚂蚱,以炫耀战斗的胜利。路边电线上穿挂着显眼的大红灯笼,问为何?说是怕撒农药小飞机不小心挂到电线。战争——和平,就这么天上地下紧密相嵌。

戈兰高地阳光很好风冷硬，四处低洼，唯此处高凸，高处不胜寒。除了战壕，几个铁片假人摆射击poss。一个路牌标出与远方城市的距离。戈兰高地距硝烟四起的叙利亚首都大马士革仅60公里。

导游张女士来自中国南京，二十一年前到以色列，打工学习嫁一世俗犹太男人（另有保守、正统犹太人之分），儿子9岁跟外婆姓。她虽不严守安息日和餐食教规，但给孩子行了割礼。二十一个春去秋来，她的立场倾向脚下土地也在情理之中。她说，戈兰高地是以国主要水源加利利湖的上游，战略地位十分重要，六日战争以色列以少打多最终完胜。

山顶风硬看不到美丽"风"景，但咖啡店不可不进。一杯拿铁5刀（美元），女服务生年轻漂亮。据说，山顶咖啡店是打仗时战地指挥所。女服务生应该战后出生。

午餐后游加利利湖，水深浪平湖风宜人。游船除笔者所在团游客，另载十几位中国浙江人。为了向全体中国客人致意，游船升五星红旗，播放义勇军进行曲，令一船中国人自豪。

当日，国内询问安全短信频来，说此次冲突以色列命名"防卫之柱"，亲人问，你们离打炮处还远吧？

导游叮嘱，住酒店如遇情况，会有人带你们下地下室，一定要听从服务生指挥；还说，以色列造房子，建筑商被要求，屋顶要安太阳能，地下要挖防空洞。此洞非想象之简陋，有床被、餐水、火烛，有电脑手机信号……

此时战争在南,在一个叫加沙的地方,听说多年,热得烫耳朵。

笔者在中部偏北,加之不开电视,不看报,对战争依旧懵懂。

"基布兹"

旅游团早晚餐在酒店解决,午餐除了一顿中式桌餐,其余均在一个叫"基布兹"的地方享用。

据导游介绍,"基布兹"(Kibbutz)希伯来语"群体"的意思,几顿饭吃下来,被旅游团团友戏称为集体农庄、人民公社。

笔者感觉,基布兹像个能开大流水席的地方。第一顿吃得较差,第二顿在加利利湖边吃彼得烤鱼。略读《圣经》的人,知道彼得是耶稣大弟子,就是在加利利湖边放下打鱼工具,一生追随耶稣传播教义,成为第一任教皇。

笔者低头吃鱼,烤鱼只给一条——大多数人没有吃完,其余面饼、浓汤可随意添加。此地面饼需配鹰嘴豆酱,朋友来时可别错过。

后边在另外的基布兹用餐,吃法大致如下:

导游发餐券,交券领餐,一人一托盘,主荤一例,要鱼就不能要鸡,要牛肉就不给鱼;副菜两例随意,无外烧土豆烧茄子;其余米饭、面饼、沙拉、生鲜蔬菜、甜品、茶与咖啡均任意领取。果汁酒水需付费。

据说，全以色列有几百家基布兹。笔者看到的几家各有不同。加利利湖边风景好，其余两家餐厅超大人巨多——可能赶上旅游团集中用餐时间。有的餐厅要穿过一个个商店，卖死海泥护肤品、小纪念品和民族服饰，持券可打九五折，商业气息十足。

据介绍，基布兹是以色列特有的一种社会经济组织，产生于20世纪初。参与者有些是受过马克思主义影响的东欧和前苏联犹太移民，这种以"各尽所能，按需分配"为原则、具备原始共产主义性质的集体农业组织形态，为以色列的建国和发展做出了巨大贡献。

让人感叹的是基布兹采用的高科技农业滴灌技术。以色列是个严重缺水的国度，主要淡水资源来自北边的加利利湖，其余是地下水和淡化处理后的海水。这里见不到提锹挖渠大水漫灌景象，凡花红草绿，菜园果园植物根部必有细管子埋压，电脑计算好的水量从管口滴出，水量不同水质也不相同。生长可生食的菜蔬比如彩椒、西红柿、小黄瓜，粗细不等豆芽需浇清洁度较高的水；剥皮食用的柑橘，用水清洁度低于前者。导游介绍说，采用科学喂养方式，基布兹奶牛的产奶量高于中国奶牛平均产奶量50%，笔者吃到的各色蜂蜜也极为稠厚——应了《圣经》中上帝赐给以色列人流奶流蜜的地方。

几十年下来，基布兹的业态有了很大变化。少数维持"按需分配"的大锅饭制度，有的改按需为按劳，进一步提高"集体农庄"庄员的生产创造积极性，也有的基布兹基本按商品社会法则运作,笔者用餐的某基布兹据说归旁边的星级酒店所有。

无论怎样,包括中国在内的一些社会主义国家宣传几十年的"共产主义"理想,毕竟在地中海西部,面积狭长,土地不辽阔也不肥沃的以色列有了初步显现。

这里是哭墙

哭墙在耶路撒冷老城中心,两千多年前被毁圣殿之一面残墙。流散世界各地无论穷富犹太人一生的念想:去哭墙一哭;如同藏人磕长头拜布达拉宫,穆斯林赴麦加朝觐。无关风景体现信仰——犹太教核心理念的寄托。到哭墙不好讲参观游览,追忆、祈祷、祭拜的意思。

导游说:有什么对上帝的愿望,可写在纸上,塞进哭墙石缝。

团友问:上帝懂中文么?

导游说:无所不知的上帝什么都懂。

到了那里才知道,哭墙分男女,男部占 2/3 而女部拥有 1/3。男女之间用比人高的隔墙隔开。笔者进女部。

走近哭墙,虔诚塞好给上帝的纸条,手能及处几乎塞满。见不少妇女头抵墙体冷硬巨石,手捧圣经念念有词,确有嘤嘤哭声。细听,仿佛哭声从石头深处发出来。几千年前圣殿被毁时的惨痛被残存石头刻录保存，返还给朝朝暮暮的朝拜人。

退离哭墙——不允许后背（屁股）对着上帝——看到墙上几丛细瘦橄榄树，几只灰鸽子咕咕叫扑鲁鲁飞，椅子上或开或阖摆着各种版本多种语言的《圣经》，找找，没见中文版本。

哭墙上方是阿克萨清真寺金顶，无论从耶市哪个角度看，金顶都最为显眼光耀老城。耶路撒冷还有数百座天主和基督教教堂。世界三大宗教几十亿信徒都

>>>
2013-03-26 全副武装在突尼斯凯鲁万

称此地为圣地。这就是哭墙的纠结，耶路撒冷的纠结，以色列和阿拉伯世界的纠结。

1980年7月30日以色列议会通过法案，宣布耶路撒冷是以色列"永恒的不可分割的首都"，美国在此建

立大使馆。但是更多包括中国在内的国家把大使馆设在地中海边的特拉维夫。

阿拉法特和沙龙，多年来巴以厮拼屡创重磅新闻的两位领袖，当下命运令人唏嘘。

巴勒斯坦民族权力机构主席阿拉法特 2004 年 11 月 11 日在巴黎病逝，享年 75 岁。2012 年 11 月 27 日凌晨，他的灵柩在拉姆安拉被打开，专家取出遗骨样品，准备调查死因是否是中毒。

2006 年 1 月 4 日晚，沙龙突发中风，被紧急送往医院抢救。七年过去，沙龙一直处于昏迷状态，医学定性为植物人（文章编辑成书时，沙龙已去世）。

不知道，不知道两人闭上眼睛之前想的是什么？战争？还是和平？只知道，只知道和平还远，哭墙不哭的日子更远。

伯利恒换成大屠杀纪念馆

"我们要去伯利恒。"说此话是 2012 年 11 月 21 日晚 8 点，地点是以色列耶路撒冷石榴酒店某间客房门口。发话者是一群（注意是一群）赴以色列旅游中国客人包括笔者，听话者是国内旅行社全陪导游。

导游洗完澡，没吃晚餐，脚穿拖鞋，表情错愕，感觉事态严重，问为什么？不都签字同意不去？

停火，今天巴以停火了。

我做不了主，导游说，得请示国内公司领导。

那么好吧，请示吧，我们等。

以色列与中国六小时时差,也就是说,当下以国晚8点而中国后半夜2点,导游还是拨打了昂贵的国际漫游……

笔者所在团16日入境以色列,女地陪每天有战况报告,哪儿又落了炸弹,哪儿又死伤人;旅游公司临时取消了计划中的去巴方控制区伯利恒行程,替换两个耶路撒冷景点。

没有亲身经历,没看境外媒体,总以为以色列安全形势之严峻被夸大。明天是笔者在以色列最后一天,安排去特拉维夫,也就是说,再不争取,伯利恒有可能去不了!伯利恒有圣诞大教堂,有据说耶稣诞生的马槽子和最大圣物纪念品商店,此行唯一的巴勒斯坦控制区,团友很想走进高墙看看。

如果没有晚餐时,一个台湾基督徒朝圣团员说他们今天平安出入,团友们也不会如此急切了。

台湾团友说,我们今天去了,没事的,很平安。详叙圣诞大教堂别处没有的种种细节,总之谁没去谁吃亏!

人是经不住诱惑的。何况伯利恒就在跟前,十几个小时飞机(加上倒机),世界最严格安检,九十九个头都磕了,就差这最后一拜——还是努力争取成行。

正好地陪在一旁用餐,团友让她听听台湾团友的介绍。

这位脸红脖粗的老兄立马改口,说有炮弹唉,不安全唉!女地陪面有难色离开。

老兄察觉众人不快，又改口，炮弹不打中国人唉……

一年轻女士愤怒道，您哪来哪去，该干嘛干嘛。

老兄尴尬离去，祝我们顺利。

大多数团员在餐厅等候，也不催，一会儿喝杯饮料，一会吃枚水果，呈悠闲状。

导游地陪悠闲不起来了，商量形势，打电话请示各自公司老板，最后，好消息总在该来的最后——导游说，经请示国内旅行社领导，伯利恒还是有风险，不能去，公司免费送大家一个"大屠杀纪念馆"。大屠杀纪念馆原在自费项目中，每位30刀（美元）。由于种种原因未能成行，也是遗憾之一，现在白给，很开心（此处有掌声）。

第二天清早，笔者一行去了离住处不远的大屠杀纪念馆，念叨着，到以色列哪能不来大屠杀纪念馆？

该馆是以色列的爱国主义教育基地。笔者来时，巧遇一国际军人参访团，眼尖者看见其中有中国军人，兴奋大叫。中国军人年轻帅气，佩"中华人民共和国国防部"臂章。他乡遇同胞也很开心，团友纷纷扯着他合影，让别国军人羡慕嫉妒恨否不知，团友们也与别国军人合影。中国军人一句话，你们这时来以色列够有勇气的。可见还是有战争！

背着白面馍馍上路

都说出国要做准备，来自西北两位老板的准备与绝大多数团员不同，他们背了几十个白面馍馍。白面馍馍跟着两位老兄上飞机，换飞机，过安检，住酒店，他们住下第一件事是把馍馍放进冰箱。

笔者见过那馍馍，很大很白，上边有黑点。老板说是花椒叶叶，好吃，香。刚开始他们拎着装馍馍的塑料袋进酒店餐厅，被阻。后来馍馍放包里，带进餐厅。这也是他们不带馍馍吃过几餐后的决定，面对餐台上满目琳琅，眉眼皱成核桃，他们说，没个吃上的。宁可餐费交人家，伙食吃自家。离开以色列的最后一餐自己解决，他们拿出馍馍又添新的黑点——长霉了。两位老板剥了皮照吃不误。

一个细节，以色列酒店奶肉不同食，早餐有奶——酸奶还有各式奶酪，晚餐有肉就没有奶。因为什么？导游也说不明白。

无论奶肉，打发不了西北老板的胃是真的。大脑有理智管着，胃没有，归本能，一时半会儿改变不了的本能。中国旅游者出门背方便面、榨菜，就是在本能忍无可忍发作时应急用。

需要提醒准备去这边旅游的朋友：如果你的因私护照加盖了以色列出入境章，有些阿拉伯国家可能会不给你办入境签证，解决办法是，进出以色列，让他把公章盖在另纸上；反过来，你去过阿拉伯的任何国家，以色列不在意给你签证。

这也是打算去阿拉伯国家旅游的笔者进出以色列特别麻烦之处。总要被边检官问及签证呢？签证在哪

打仗时走以色列

>>>
作者和突尼斯孩子合影

页(团签在导游手里)?入境章在哪页?逢此时,二百五的外语水平不够支应,笔者一脸无辜加弱智表情。

11月22日晚,笔者所在团在特拉维夫机场经过盖退税章,行李安检——未让笔者打开行李,捅了半天拉杆的铁杆;人安检——不拒绝水和大红石榴;退税——比想象少许多,终于登机后,土耳其航空公司满员飞机多半是中国人。笔者旁边客人来自哈尔滨,来以色列学习现代农业。他给笔者看了相机中以色列士兵祈祷和登上装甲运兵车的相片,他还说被酒店要求下过地下防空洞。同机还有特拉维夫某大学交换生,来自首都经贸大学,21日特拉维夫公交车被炸,他们22日背着电饭煲和书籍就撤了,三个月的学习仅完成一个月……

飞机在跑道上滑行,天下小雨,舷窗外的一切被灯光镀金被雨水放大,细细碎碎,闪闪烁烁。想擦去雨水看清窗外,不能够。

打仗时走以色列,囿于路线,囿于语言,囿于知识储备与视野,笔者只能说看见了一些,不敢说看懂,更不敢说看透,看见已很难得……

世上的事情有关联

伊夫·圣罗朗私人花园阳光很好，阳光穿过绿植，花花洒洒投向地面、游人衣脸、栽种奇花异草奇颜异色的盆盆罐罐。阿拉伯建筑特有的蓝色，比天空大海深邃、浓稠、打眼的蓝色，台湾导游李宝玲在家刷墙怎样也调不对的蓝色，粘上眼睫拔不下来。

伊夫·圣罗朗，影影绰绰听过这名字，常见标识是英文字母 YSL 叠加，直觉是个时尚高端品牌，有服饰、配饰和化妆品，遥远得与己无关，然而走进花园，散金碎绿亮蓝披挂满身，敢说无关……

博物馆展示老伊夫设计的明信片，爱的主题，一年一样一张。笔者举着明信片在原画前留影，好开心。爱（love）什么？有说伊夫性取向复杂，有同性伙伴，也有异性太太；爱艺术要么爱此园子？时间地域太过遥远，一般人搞不清楚也不想搞清楚，只觉得园子不错，不虚此行，就够了。

花园在北非摩洛哥王国马拉喀什市，走在城市街巷，满鼻橘子花甜香，满眼砖红色建筑，说是地处沙漠标志——怪,沙漠加砖红,岂不更热?

马拉喀什始建于公元1062年,两度为摩洛哥王朝的首都。眼下不是首都了,眼下摩洛哥首都有二:政治首都拉巴特,经济首都卡萨布兰卡——呵呵,记起来了吧!那个有名的好莱坞电影《北非谍影》,说的就是此地故事,爱情加革命,浪漫动人。笔者记得女明星英格丽·褒曼因个子太高出镜时略含胸。影片、明星使卡萨布兰卡名声盖过摩洛哥国名。

笔者原打算掏钱去影片中的咖啡馆喝杯咖啡。听导游说,此景点几无历史,2003年要么2004年才由美国外交官照影片样貌建起来。不太费事看看山寨版也行,可惜,订位收费让人心烦,不仅收咖啡馆订位费,还要收很贵的晚餐费,否则交了钱不保证咖啡馆有位,如此嚣张贩卖假景,罢,不看。

回国不久,有新闻报道,法国皮诺公司借法国总统奥朗德首次访华机会,向中方承诺:无偿归还圆明园流失文物鼠首和兔首。圆明园的十二生肖兽首,是海晏堂前喷水池喷水报时的装饰物。一头兽首口吐清泉喷水两小时算一时辰,十二兽首轮一过,刚好一天二十四小时。构思设计不可谓不巧。设计者是意大利人郎士宁,清廷工匠制作。1860年,英法联军劫掠火烧圆明园,十二兽首连同巨量珍贵文物被劫,现仍有五只兽首不知下落。

笔者查资料,阳光很棒的花园属于伊夫·圣罗朗,老伊夫的公司归属于捐两兽首的皮诺家族。数年辗转腾挪，老皮家拥有多家知名化妆品以及珠宝公司，是佳士得拍卖公司大股东。

>>>
突尼斯凯鲁万和当地游客合影

又据说，2009年，法国佳士得拍卖公司举办的"伊夫·圣罗朗与皮埃尔·贝杰"专场拍卖会上，两兽首被蔡姓华人拍得。他事后并不付款，惹来公众议论，爱国与商业诚信等不归一个语系的言语横飞碰撞，如同秤砣与尺子打架，了无结果。

后来，两只兽首被法国皮诺家族买下，又于2013年捐赠中国，目前收藏于中国国家博物馆。放心，老皮家不会白送，佳士得因此获得中国国内营业执照，完成了对中国的拍卖布局。

十二兽首栖身的圆明园、马拉喀什的伊夫·圣罗朗花园,相距十万八千里,一个园子在,一个园子没了,再看老伊夫家花园,那阳光还美么?美得没有杂质很纯净么……